まるせい
ill チワワ丸
になった俺が、
なぜか邪神を
滅ぼしてしまった件2
モンスター文庫
JN019603

ローラ
セレナ

アリシア
アリス

「ローラ、大好きよ」
「えっ……？」

「いやああああああああああああああっ！」

やがて、輝きが最大に達し、
最後に魔力を与えた光の微精霊が
ミスリルの杯に吸い込まれると、
ミスリルの杯が変化した。
「こ、これは……なんと……」
「はぁはぁ、初めてだから加減がわからなかったけど成功したようだな」

生贄になった俺が、なぜか
邪神を滅ぼしてしまった件②

まるせい

MONSTER
bunko

CONTENTS

プロローグ

馬車の周りを大勢のモンスターが取り囲んでいる。

『グルルルルル』

『グオオオオオオオオォ』

「ひっ」

「だ、大丈夫だから」

馬車の中では二人の幼い少女が身を寄せ合い、モンスターが去るのを祈っていた。

馬は既に殺され、御者も二人を置いて逃げだしているため移動する手段がなく、外には騒ぎを聞きつけて、ますます多くのモンスターが集まってきた。

「だめっ！　壊れちゃう！」

さきほどから馬車が執拗《しつよう》に攻撃を受けている。頑丈な作りをしているとはいえ、モンスター相手にいつまでも凌げるものではない。

事実、少し経つとメキメキと音を立て天井の板が剥がされた。

「あ、あああ……」

空から何かが覗き込む、目が一つしかない巨人型のモンスターだ。こいつが天井を剥がしたのだ。

不気味な目が二人の少女を見る。その瞳は品定めをしているようで、二人は怯え震えあがった。

「こ、こんなところで死ぬわけにはいかない」

一人の少女が剣を抜くと、刃が白く輝いた。

「せめて、あなただけは守る！」

少女は勇気を奮い立たせ、周囲のモンスターを睨みつけた。

巨人型のモンスターが手を伸ばし、もう一人の少女を掴もうとすると、

「ひっ、いやあああああああああ」

次の瞬間、馬車の中が輝き爆発した。


「い、一体……何が……えっ？」

しばらくして意識を取り戻した少女が見たもの、それは崩れた崖と、周囲で燃え上がる木々の姿だった。

一章

　厳《おごそ》かな空気が教会内に流れる。静寂が場を支配し、誰一人として声を漏らさず、息をすることすら躊躇っていた。

　ステンドグラスが天井を覆い、様々な色彩の光が建物内に差し込み、神秘的な雰囲気を演出している。

　入り口から壇上までの長い通路には赤い絨毯が敷かれている。その通路の両隣には、飾らないながらもしっかりとした木の長机と長椅子が配置され、参列者が座っていた。

　まるで神聖な場に穢れを持ち込むことを拒否するように、誰もが口を噤む中、俺は形式に従い入り口から壇上までの距離をゆっくりと歩いていた。

　壇上に到着すると、そこには一人の少女が立っていた。神殿の聖衣に身を包み、柔らかい笑みを浮かべている。空から降り注ぐ光で金色の髪が輝き、より神秘的な雰囲気を醸し出している。彼女の正体は神殿に所属する聖女らしい。

　聖女とは優れた治癒魔法の使い手に贈られる称号で、聖魔法により様々な奇跡を起こすことができる清らかな乙女と世間で言われている。各地を回り、困っている人を救済しているので大勢の人々から慕われている。

今回は儀式のため、わざわざエリバンまで来たらしい。

「エルト様」

「はい」

聴いているだけで穏やかな気持ちになる、心地の良い声が耳を撫でた。

「神殿はあなたに邪神討伐の功績として【聖人】の称号を贈ります」

「身に余る光栄です」

あらかじめ用意しておいた言葉を口にして頭を下げると、目の前の聖女が壇上を回り込んで近寄り、俺に首飾りを掛けた。

「あなたに女神ミスティの加護があらんことを」

すぐに離れるかと思ったが、聖女はふわりと身体を寄せると耳元で囁いた。

拍手が鳴り響く。

聖女から視線を外し参列者を見ると、そこにはエリバン王国の国王と宰相さんが右の長椅子に、アリス様とアリシアが左の長椅子に座っていた。

アリシアは目元を拭いながら、まるで自分のことのように喜んでくれている。

その後ろにこの国の貴族や騎士などが参列していて、教会内は拍手で満たされた。

「これでエルト君は聖人になったのよね」

ソファーにゆったりと身体を沈め、カップを手にしたアリス様が話し掛けてくる。さり気ない動作一つにしても気品があり、思わず魅入ってしまいそうになる。

無理もないだろう。彼女は俺の故郷、イルクーツ王国の第一王女なのだ。

儀式が終わり、その場が解散になると、俺はアリス様に「お茶でも飲まない？」と誘われた。

「アリス様。そうは言われてもですね、実感が湧かないですよ」

俺はお茶で口を湿らせ、答えた。

「私のことはアリスで良いわ。今のあなたは神殿が認定した【聖人】なのだから。無理に敬語を使われると、神殿関係者や周囲の国に文句を言われてしまうから」

事前に説明を受けていたのだが、俺がもらった【聖人】の称号はとてつもないものらしい。少なくとも、王族とこうしてお茶をしていても許される程度には高い身分のようだ。

「いや、でもなぁ……」

流石に自分が住んでいた国の王女をいきなり呼び捨てにできない。

「な・に・か？」

俺が戸惑っていると、彼女は有無を言わさぬ笑顔を俺に向けてきた。

「……わかったよ、アリス」

視線に耐えられず、俺は溜息を吐くと了承する。

「ん。素直で宜しい」

アリスは満足げに笑うと身体を引き、ケーキを食べ始めた。

「それにしても、聖人ってのが何なのかいまいちよくわからないんだが」

俺はそっと胸元にある首飾りに手を触れる。神殿が崇めている女神ミスティを象《かたど》った首飾りは美しく、加護が宿っているらしい。

「エルト君は読書好きだとアリシアから聞いているけど。【黒の勇者の英雄譚】は読んだことはない?」

アリスとアリシアは仲が良いようで、俺の情報については彼女から伝わっているらしい。

「あるけど」

アリスが挙げたタイトルは俺が子供の頃から憧れて、それこそ何度も読んだ物語だった。

「その物語に登場する古代竜を知っているかしら?」

その問いに俺は首を縦に振る。俺は物語の概要を思い出し始めた。


この世界には五体の古代竜が存在する。

・深淵なる大森林を守護する【ディープリノン】
・中央の海に棲み、すべての海棲モンスターを従える【カルキドレイス】
・灼熱の火山の麓に棲み、周囲を火の海に変える【プロミネンスドーガ】

・世界一の速度で飛ぶ空の支配者【スカイクリトン】
・大平原の地中深くに眠り、活動期になると地表に現れ周囲を灰燼《かいじん》に帰《き》する【プラナテトラ】

だが、過去には六体目の古代竜が存在していた。その名は……。

「暗黒竜【アポカリファニス】が出てくる物語だよな？」

「その通りよ」

アリスは右手に持っていたフォークを俺に向けた。

「かつて異世界より現れた黒の瞳を持つ勇者。彼は様々な旅の先で仲間を集め、やがて暗黒竜【アポカリファニス】を討伐した」

「知ってるよ。何度も読んだからな」

俺が頷くと、アリスはフォークを皿へと置く。そして口元をハンカチで拭くと言葉を続けた。

「彼は実在した人間なの。そして神殿は数千年前に彼を聖人と認定しているのよ」

その言葉に俺は息を飲んだ。

「で、伝説の勇者と同等の称号なのか？」

急に憧れの存在と並べられた事実に動揺してしまった。

「勇者はその後、どうなったんだ？」

だが、同じ称号を得たというのなら、彼の人生を知ることで今後どうするべきかわかるかもしれない。俺はアリスに問いかけてみるのだが、彼女は首を横に振った。

「その後の彼の活躍については記録に残っていないの。神殿によると、元の世界に戻ったと伝えられているわね」

「なるほど」

あまり参考になる話ではなかった。俺はアゴに手を当てて考え込む。

「エルト君の今後に関しては、基本的に国も神殿も干渉はしないことになっているわ」

再びカップを両手で持ち、縁に指を滑らせるとアリスは俺を見た。

「それはどうして？」

「世界を救った英雄を一国で囲い込むと、色々問題があるからよ」

各国の情勢については単なる一般市民だった俺は良く知らないが、邪神という脅威がなくなったため、何らかの変化があるらしい。

「なんだか面倒なことになってきたな……」

現実は物語と違う。邪神を討伐してハッピーエンドにはならない。

俺はぼやくと、カップを置いて溜息を吐いた。

「エルト君は聖人の称号まで受けちゃったわけだし、今後は世界中の人間から注目されるんだから。今のうちに慣れておいた方がいいわよ？」

アリスのその言葉にますます気が重くなる。俺が口を結び険しい顔をしていると、

「そんな顔しないの。一国の王女としてはどうにもできないけど、個人としてなら相談ぐらいには乗るからさ」

どうやら表情に出ていたようで、アリスはそんな俺の様子を見て励ましてくれた。

「すまないが頼らせてもらうことがあると思う」

実際、色々な知識があるアリスに意見を聞くのは悪くない。俺は遠慮なく相談することにした。


「ふーん、人族って色々と面倒くさいのね」

俺は城内の廊下を歩きながら、さきほどあったことを話して聞かせていた。

隣を歩くのは、腰まで流れるような銀髪と尖った耳を持つエルフの女性。セレナだ。

彼女は「堅苦しいのは嫌だから」と聖人の儀式に参加していなかった。

「まあ、これまで生きてきたしがらみとかあるし、これればかりはな……」

自分もその面倒くさい人族である以上、切り離して考えることはできない。俺がそっと溜息を吐くと、セレナは身体を寄せて囁いた。

「だったら、迷いの森に引き籠もっちゃう？」

ヨミさんやフィル、それにエルフの里にいる他の連中の顔が浮かぶ。

「それも悪くない選択ではあるな」

どこに行っても目立つことを避けられないのなら、いっそ隠居生活を送るのもありだ。迷いの森周辺を開拓してセレナと野菜を育てたり、フィルと一緒に狩りをしたり。それはそれで楽しそうだと想像を膨らませてみる。

「まあでもそれは、最終手段にしておこう」

ここですぐに迷いの森に戻ってしまうと、わざわざ探しに来てくれたアリシアにも悪い。いずれの選択をするにせよ、彼女を故郷に送り届けてからでなければならない。

「残念。せっかくエルトと暮らせると思ったのになぁ」

歩きながら両手を前で組み腕を伸ばすセレナ。その投げやりな動作に思わず笑いが込み上げてくる。

「でもまぁ、エルフの寿命って人族よりも長いし。エルトがその気になるまで気長に待たせてもらうわ」

「ああ、そうしてくれ」

こういう切り替えの早さこそ、セレナの魅力だなと思った。

「それじゃあ、私は訓練所に行くね。兵士さんたちに弓を教える約束があるの」

セレナの弓の腕前はかなりのものらしく、最近は身体がなまるのを嫌って訓練している。その訓練を見た兵士に請われて教えているらしい。

「エルトはどうするの？」

セレナが下から覗き込むと、銀髪がはらりと肩にかかる。俺はアリシアから呼ばれていることを思いだすと、

「俺は……医務室を見てくるよ」

セレナと別れて城へと入って行くのだった。

ツンとした薬品の匂い。白い壁に白いシーツに白い包帯。全体的に白に包まれ医務室を見渡すと、周囲のベッドには多くの兵士が横たわっていた。

俺が心配してそちらの様子を窺っていると、馴染みの二人と目が合った。

「御主人様なのです！」

あどけない表情を浮かべながら近づき、俺に抱き着いたのはマリー。彼女は俺が契約している精霊で、見た目の可愛らしさからは想像もつかないが、実は風の精霊王だったりする。

「っと。突然飛びついてくるなよ」

頭を撫でてやると気持ちよさそうに目を細める。瞼の隙間からはルビー色の瞳が輝き、ライトグリーンのツインテールがマリーの動きに応じてゆらゆらと揺れる。俺がマリーの髪を撫でていると、もう一人の人物も近づいてきた。

「エルト、さっきぶり」

アリシアが手を振りながら話し掛けてきたので、こちらも手を上げて返事をする。

アリシアは数日前から彼らの様子を診ているのだが、どうしても俺の式典に出たかったらしく、聖人の儀式が終わると医務室へと戻った。

「まさかエルトが歴代で二人目の聖人になるなんてね。小さい頃から知っているだけに不思議な気分だよ」

心から祝福してくれているのがわかる。アリシアは飾らない態度で俺に接すると表情を変えた。

「それでね、エルト。聖女様にも診てもらったけど治癒魔法は効果がないみたい」

ベッドに横たわっている兵士たちに視線を向ける。

彼らは先日、クズミゴデーモンと戦い深い傷を負った者たちだ。

「瘴気はデーモンがまき散らす呪いなのですよ。瘴気で負ったダメージは治癒魔法では治らないので、自然に瘴気が抜けるのを待つしかないのですよ」

俺たちの会話を聞いていたのかマリーが横から口を挟む。

「そうなると見守るしかないのよね？　マリーちゃん、どのぐらいで快復するかわかるかな？」

呪いだと聞いてアリシアは眉根をひそめた。

「マリーの見立てだと一カ月ぐらいなのです」

「一カ月か……、幸い容体が悪化する人はいないみたいだけど、時間かかるんだね」

アリシアは口元に手を当てると考えこむ。

「俺のパーフェクトヒールでも治らないぐらいだからな」

俺のユニークスキルは【ストック】だ。

俺は邪神の城で完全回復の魔法陣からパーフェクトヒールというスキルをストックしてある。

このスキルは傷を完全に塞いで体力と魔力を回復させる効果があるのだが、悪魔族の瘴気攻撃など、パーフェクトヒールでは回復できないケースも存在しているようだ。

普通に生きている中で、デーモンと遭遇することなどそうそうないだろうが、今後は注意しておくべきだろう。

アリシアは悩まし気に部屋の隅のベッドに横たわる集団を見る。

イルクーツからアリスに同行した騎士たちだ。彼らが快復しなければいつまでもこの国を出ることができない。

「ひとまず、この中にデーモン化するような邪悪な人物はいないって聖女様が言ってたよ」

それは朗報だ。先日のクズミゴデーモンはアークデーモンの瘴気を浴びたせいで変貌した。

城内にいきなりデーモンが出現するという事態はエリバン王国の人間も避けたいだろう。この情報が共有されれば、少なくとも城にいる人たちも安心できるはず。

「御主人様はあの人間たちが治らないとお困りなのです？」

マリーが腕に抱き着き上目遣いをしてくる。俺はその問いに首を縦に振った。

「マリーなら、この場を聖気で満たして瘴気を抜くことができるですよ？」

初めて聞く能力だ。俺はマリーをじっと見つめると、

「その聖気ってのはなんだ？」

詳しい説明を求めた。

「聖気は聖気なのです。瘴気と逆の力なのです。聖気で満たされている空間では瘴気は力を発揮できずに消えていくのです」

瘴気の対になるようなものらしい。それならば快復が見込めると思った俺は、マリーに頼むことにする。

「すぐにやってくれ」

マリーは頷き、俺の腕から手を離すと浮かび上がり、部屋の中心にふわふわと移動する。そして目を瞑り、両手を合わせると何やら呟き始めた。

彼女の身体が薄く緑色に輝き始める。周囲に風が生まれ、瘴気で淀んでいた空気が押し流されていった。

マリーの周囲に光の微精霊が集まりだし、次第に密度を高めていく。やがて、光の微精霊が溢れると……。

「これで良しなのです。この部屋を聖気で満たしたので、あとは定期的に減った聖気を満たせば二週間ほどで良くなるはずなのですよ」

部屋にキラキラした粒子が飛び交っている。光の微精霊の残滓だ。

「えっ？　これは……？　教会と同等の神聖な空間をこんなに簡単に作りだしたの？」

アリシアが愕然としている。

「どうしたんだ、アリシア？」

「どうしたもこうしたもないよ、エルト！　神殿や教会が神聖な場所になるには、長い年月をかけて信仰を集める必要があるの」

人々の祈りや喜びなど善の感情が影響を与え、徐々にその場を神聖な場所へと変えていくのだとアリシアは説明した。

「そもそも聖気とは、光の微精霊のことなのです」

マリーは風の精霊王だけあってか、微精霊を簡単に従えることができる。

「教会や神殿に聖気が満ちているのは、光の微精霊が人間の祈りや感謝の心が大好きだからなのです」

教会や神殿は結婚式や祈りを捧げたりする場として多くの人々が訪れる。光の微精霊はそんな人々の感情を目当てに集まってくるというわけだ。

「そ、それにしたって……こんなの……」

納得しかねるといった様子のアリシアに、俺は声を掛けた。

「まあ、できないよりはできた方が良いに決まっている。問題ないだろう？」

兵士や騎士の人たちが苦しむ時間が短くなるのだから。

ところがアリシアは顔を手で覆うと疲れた声を出した。

「そ、それはそうだけど。驚いた私が馬鹿みたいだよ」

「とりあえず、アリシアは引き続きマリーと一緒にここの人たちの経過観察を頼む」

「御主人様の命令なら喜んでやるのですよ」

マリーのやる気ある声が病室に響くのだった。

★

「それで、エルトとやらはどう過ごしている？」

イルクーツ国王ジャムガンは王女アリスと通信魔導具で会話をしていた。

『はっ、ひとまず聖人の儀式を終え、訓練をしたり街に出掛けたりして過ごしているようです』

アリスの事務的な声が魔導具を通じてジャムガンの耳へと届く。

この通信手段は古代文明が造り上げた魔導具だ。ダンジョンの宝箱などから見つかるのだがごく稀にしか出ないので、数がそれほど多くはない。

伝えられるのは音声のみなため、読み取れる情報がおのずと限られて、ジャムガンはアリスの考えをうまく読み取ることができなかった。

「邪神が討伐されたことで、各国はエルトと交流を持ちたがるはずだ」

何せ数千年前にしか前例がない聖人の称号を神殿から与えられた人物だ。

そのような人物と敵対したがる国は存在しない。どの国も血眼になってエルトの情報を集めている最中だろう。

ジャムガンはアゴ髭を撫でると思案する。今ならエルトの故郷として口出しする権利もある。アリスは自分の娘だが、贔屓目抜きでも美しい女性に育っている。彼女に命じればエルトを篭《ろう》絡《らく》することは容易いと考えた。

「いや、待て」

『はい？』

その考えを否定するように口を開く。アリスの旅に同行している者の中にアリシアがいる。彼女はエルトが自分を身代わりにするほど大切にしている存在だ。そんな人物がいるのに無理にアリスをけしかけて、当人からいらぬ顰蹙《ひんしゅく》を買うことは避けたかった。

「こちらの話だ」

ジャムガンは腕を組むと押し黙り、しばし考える。

「彼に関してはお前の判断に任せる。引き続き何かあれば報告しろ」

ジャムガンはアリスならば判断を間違えることはないと信じた。

『わかりました。それで帰国についてなのですが、話した通り騎士たちがデーモンから受けた傷が癒えておりません。なので彼らの傷が癒えるまで滞在しようかと考えております』

アリスは今後の予定についてジャムガンの許可をもらおうとするのだが……。

「そのことについて一つ頼みたいことがある。実は現在、友好国から要請を受けていてだな」

『はい？』

「お前には、グロリザル王国へ行ってもらおうと思っている」

「それは……国王の代理としてでしょうか？」

アリスは訝しむとジャムガンの真意を問うた。

「その通りだ。そろそろお前にも外交の仕事をどんどん任せていきたいからな」

いずれ婿をとり国を動かすのだから、良い機会だろう。

アリスが黙っていると、ジャムガンは言葉を続けた。

「安心しろ。何も一人でとは言っていない」

「……それは。あの子と一緒に、ということでしょうか？」

アリスは気乗りしない声を出した。

「そうなるな。ちょうどグロリザル王国に留学していることだし」

「私は反対です。外交に参加させるにはまだ早いかと」

アリスはとある人物を思い浮かべるとジャムガンに再考を求める。

「とにかく、連絡をとって今後について打ち合わせをしておきなさい」

だが、その言葉が返事だった。

「それでは頼んだぞ」

ジャムガンは話はこれで終わりとばかりに通信を切るのだった。

★

「なあ、マリー。聖気ってのは光の微精霊が空間に一定数以上滞在した後の残滓のことを言うんだよな?」

「そうなのですよ」

マリーが聖気を集めてから数日。瘴気と打ち消しあって薄くなった聖気を補充するため、何度か光の微精霊を集める場に立ち会った。

「それって俺にもできたりしないか?」

微精霊を集めるだけなら俺にもできる。思い付きではあるが聞いてみた。

「やってみるのです?」

マリーは寝転がっていたベッドから身体を起こすと俺を見た。

今俺たちがいるのはエリバン城の一室。国賓待遇の部屋なのでそれなりに広い。

俺とマリーは向かい合ってソファーに座ると、お互いに目を合わせた。

「それでは御主人様。まず普通に微精霊を集めるのです」

マリーの言葉に従い、俺はオーラを解放し微精霊を集める。

「流石御主人様。眩しいのです」

マリーが両手で目を覆って見せた。

精霊はこのオーラを好んでいるので、オーラを解放すると寄ってくる。

俺は他の精霊使いに比べて圧倒的な【魅力】を持っているため、特別精霊に好かれやすいらしく、ひとたびオーラを解放すると御覧のありさまだ。

「確かにたくさんの微精霊が集まっているのです。だけどこれは失敗なのですよ」

視界一杯に微精霊が飛び交う。赤・青・緑・黄・白・黒。六色の光が入り混じって目がチカチカする。

「聖気を発生させるためには光の微精霊のみで空間を満たさなければならないのですよ。他の微精霊がいるとお互いの属性で打ち消し合ってしまうのです」

確かにマリーがやったときと違い、微精霊が飽和しているのに空気が変わることがない。

「一体何がいけないんだ？」

オーラの量ならマリーよりも多い。俺が首を傾げるとマリーは説明を始めた。

「そもそも、オーラとは魔力を変化させて放出している物なのです。精霊はこの魔力を含んだオーラが大好きなのです。そのオーラに惹かれて集まるのですよ」

マリーが指先を光らせると、光の微精霊がマリーへと寄っていく。

「それぞれの属性ごとに好みというものがあるのです。光の微精霊なら優しい魔力。火の微精霊なら熱い魔力。風の微精霊なら爽やかな魔力。それらは魔力を練る精霊使いが意識して用意しなければならないのですよ」

マリーの指先から出る光の色が変化するたび、違う属性の微精霊が集まる。恐らくあれがそれぞれの属性が好む魔力なのだろう。

「まず、御主人様が覚えるべきなのは、どの属性の微精霊がどのような魔力を好むか知ることなのです。そして、それを理解したら好みの魔力を練ってみるのですよ」

「わかった、やってみるよ」

これまで、魔力を意識したことはない。普通に溢れるオーラはすべての精霊が好む魔力なのだろう。現在も微精霊が飛び交っている。

俺はマリーがやっていたように意識して魔力に変化を与える。

「むっ、全然だめなのです」

だが、微精霊はまったく寄ってこず、マリーに駄目だしされてしまった。

「これ、凄く難しいぞ」

単一属性を集めるというのは思っているより技量がいるようだ。どうしていいかまったくわからない。

「よいしょ。マリーが補助するのですよ」

マリーが背中に張り付く。

「御主人様。マリーの魔力を感じて欲しいのです」

彼女はそう言い、俺の両手を包み込むと魔力を流し始めた。

意識を指先に集中してみたところ、マリーの魔力の流れが感じ取れた。精霊契約をしているので日頃から魔力を渡しているお蔭だろう。

しばらく、マリーの魔力を見ていた俺は自分でも真似をしてみた。

「あっ、少しだけど光の微精霊が集まってきたのですよ」

マリーが言う通り、俺の指先に数匹の光の微精霊が集まり始めた。

「御主人様。もっともっと作るのです」

オーラを放出するたび、光の微精霊に魔力を食われる。それなのに一向に数が増えていかない。

「これ、結構きついな」

少しでも調整を誤ると光の微精霊は離れて行ってしまう。俺は必死に光の微精霊が好む魔力を放出していたが……。

「精霊の気持ちになるのです。最高の魔力を御馳走するつもりで魔力を練るのですよ」

「それにしたってこれは……」

身体から魔力がごっそり抜けていくのがわかった。

数分が経過すると、

「はぁはぁ。もう魔力が尽きた」

片手で数えられる程度の微精霊しか集められなかった。

「うーん、魔力の変換効率が悪いのです。力が入りすぎなのですよ」

マリーが腕を組みながら宙に浮かんでいる。その周囲を微精霊が飛んでいるが、属性ごとに纏まっているのは本人がコントロールした結果だ。

息をするかのように微精霊を操っている。

「これだと次の段階に進めないのです」

マリーは「ふむぅ」と呟くと、気になる言葉を発した。

「次の段階があるのか？　微精霊を集めて終わりじゃないのか？」

俺の目的は自分の意思で聖気を集めることだった。

「あるのですよ。御主人様が今やっているのは精霊使いが習得できる技術の一つなのです」

マリーはピッと指を立てる。

「最終的には武器に精霊をこめられるようになってもらいたいのです」

「そんなことが可能なのか？」

「世に出回っている火や氷が出る武器は、中に精霊が宿っているのですよ」

「それを、俺が作れるようになるのか？」

マリーが言っているのは魔法剣のことだろう。

古代文明の遺産としてダンジョンなどでドロップする希少な武器だ。当然結構な値段がする。

「御主人様はこれまで魔力を操ってきたことはないのですよね？」

「ああ、そういったことには縁がなかったからな」

生贄になる前は畑仕事しかしていなかった。

「まずは魔力をコントロールする訓練から始めるのです。毎日魔力がからっぽになるまでひたすら練習なのですよ」

俺が唖然としている間に、マリーが俺の訓練方法を考えていた。

「ま、毎日この状態になるのか？」

魔力が抜け、結構な疲労が溜まっているのか思考が鈍い。このだるさを毎日体験するのかと思うと気が滅入る。

「精霊の使役は一日にしてならずなのです。マリーも協力するので頑張るのですよ」

右手を振り上げやる気を見せるマリー。そんな姿を見てしまっては、嫌とも言えなくなるのだった。

★

熱いシャワーを全身に浴びている。

耳を打つ水音のお蔭で思考を止めることができ、気分が落ち着く。

今の私にとって、安らぐことができる数少ない場所だ。

流れ落ちるお湯に身を委ね、目を閉じる。数分かあるいは数十分か、気が付けば思考をしてしまっている自分に気付いてシャワーを止めた。

浴室から出てタオルで身体を拭く。

すると通信の魔導具が輝いていた。

「……はい」

私は躊躇《ためら》いながらも通信を受ける。

「久しぶりね。元気にしていたかしら？」

返事をしてしばらく間が空いた。お互いに言葉を発しようにも何を言えば良いかわからない。

「ええ、留学してから半年。特に変わらず」

私は淡々と事実を口にした。

「そう、そちらはそろそろ寒くなる頃よね？　風邪を引いたりしないように気を付けるのよ？」

魔導具越しに気を使うような声が聞こえてきた。

「それより確認したいことがあります。こちらへはいつ頃いらっしゃるのですか？」

私は特に返事をすることなく用件のみを告げる。相手の間が一瞬空く。

「今から護衛を雇って準備をするから、早ければ二週間後になるわ」

「そうですか」

お抱えの護衛はどうしたのか？　もっとも、声の主が一番強いのでいらぬ心配かもしれないが……。

「それで、到着するまでにあなたにお願いしたいことがあるのよ」

私はローブを身に着け、浴室から出た。

「なんでしょうか？」

「今度の外交について、グロリザル側の情報が不足しているの。一人では大変かもしれないけど、それを集めておいて欲しいのよ」

「……御命令とあらば」

私の返事に相手が言葉に詰まった。

「……それじゃあ、また二週間後に会いましょう」

通信が切れた。私はこれからやらなければならなくなった仕事の量と期日を思い浮かべると、

「二週間後」

口元を引き締めるのだった。

★

「えっ？　護衛依頼？」

「そうなのよ。お願いできないかしら？」

訓練場で魔力の鍛錬をしていたところ、現れたアリスが唐突に話を始めた。

オーラを放出するのを止めると微精霊たちが離れていく。長時間集中していたせいか、疲労が溜まっていて、全身に汗が流れていることに気付いた。

「はい。まずはこれで汗を拭いてちょうだい」

アリスが差し出してきたタオルを受け取ると、俺は汗を拭った。

「なになに、どうしたの、エルト？」

俺とアリスが話しているのに気付いたようで、弓の訓練をしていたセレナが駆け寄ってきた。

「実は政務で、急遽グロリザル王国に行かなければならなくなったのよ。連れてきた騎士たちの快復にはまだ時間がかかるので、あなたたちに護衛をしてもらえないか依頼にきたの」

俺にした説明を再度セレナに伝える。

「はぁ……護衛？　でも貴女、普通に強いわよね？　もしかしてエルト狙いなんじゃ？」

疑わし気な目でアリスを見る。

「それはないわよ。今回は単に信頼できて強い人に依頼をしたかっただけよ」

そんなセレナの態度を、アリスは両手を振って否定してみせた。

「まあ、それなら私は良いけどさ……。エルト、どうするの？」

確かにアリスは強い。だが、一国の王女ともなれば護衛もなしに街の外を出歩くのは問題になる。

万が一アリスになにかあった場合、国際問題に発展してしまうからだ。そうなると護衛の人選には気を使う必要があるのだろう。

「近衛は全員ダウンしているから、この国の冒険者で素性が明らかで信頼できるのってあなたたちぐらいなのよ」

お願いとばかりに手を合わせて頼み込んでくる。

「まあ、俺もずっと国で訓練しているのは飽きてきたからな。この依頼引き受けるよ」

「そうね、そろそろ街の外に出て森林浴もしたいし、構わないわよ」

王族の護衛ということで、提示された依頼料も良い。普通に断る理由が見当たらないので俺たちは仕事を引き受けた。

「ありがとう二人とも。グロリザルは山脈に囲まれた寒い場所だから、防寒用の装備をちゃんと準備しておいてね」

アリスは嬉しそうな顔をすると颯爽と踵《きびす》を返し、鼻歌を歌いながら離れていく。俺たちが引き受けて肩の荷が下りたらしい。

「あっ、そうだ。アリシアも私の従者として連れていくからね」

振り返った彼女の唐突な発言に、俺は言葉が詰まるのだった。

「さて、今日は色々よろしくお願いしますね」

アリスから護衛依頼を受けた翌日、俺は城下町へと出ていた。

「兵士に就任してから最初の休暇を、まさかお前と過ごすことになるとは思わなかったぞ」

隣を歩くラッセルさんは、手で口元を覆うと大きな欠伸をしてみせた。

昨日は夜番で城の警備をしていたらしく、俺が訪ねたときには兵士専用の食堂で朝食を摂《と》っている最中だったのだ。

「すみません、護衛の依頼は初めてだったので、何を用意すればよいのかよくわからなくて」

いざ依頼を受けてはみたのだが、要人警護の経験が俺にはない。

アリスから「準備をしておいて」と言われたのだが、何を準備すれば良いのかどうにもピンとこなかったのだ。結果としてラッセルさんを頼ってしまったのだが……。

「まあ、お前には世話になったから構わないぞ。それにまだ教えることもありそうだしな」

ラッセルさんが笑みを浮かべると白い歯が輝く。母娘がすれ違いざまに「ひっ」と怯えたのが見えるとラッセルさんは笑うのを止めた。

「なあ、俺ってやっぱり兵士に向いてないんじゃないか？」

守る対象を怖がらせてしまったせいで落ち込んでいる。そんな姿が哀愁を誘い、俺は笑うのを堪えフォローをしておく。

「そんなことないですよ。城の兵士たちはラッセルさんと普通に話してるじゃないですか」

面倒見が良く、今も嫌な顔一つせず俺の用事に付き合ってくれるラッセルさんだ。見た目は怖いが良い人なのだ。地道に活動していけば市民にもその良さは伝わるはず。

「そいつはそうと、どうせ買い物するならセレナの嬢ちゃんも一緒の方が良かったんじゃねえのか?」

俺とセレナはパーティーを組んでいる。ラッセルさんから冒険者の心得を教わっていた頃は常に一緒にいたし、エリバン城にいる間も空いた時間があればともに訓練をしている。ラッセルさんの疑問はもっともなのだが……。

「それが、俺にもよくわからないんですよ、今日はアリシアと二人で出掛けているみたいなんですけどね」

「なんだそりゃ?」

準備が必要ならベテランのラッセルさんに同行した方が良いに決まっている。だが、なぜか二人が口を揃えて「別行動で」と言うので追及できなかった。

「まあ、たまには男同士ってのも悪くないじゃないですか」

俺が話を戻すと、ラッセルさんは怖い顔つきをさらに怖くして俺を睨みつけてきた。

「ったく。余裕があるやつはこれだから、俺なんて男だらけの兵舎に押し込まれて出会いもねえのによぉ」

「女性兵士とは兵舎が別ですからね」

何と言って良いかわからず適当に相槌を打った。

「まあいいさ、今日のところは後輩と休暇を楽しむことで満足しておくか」

この話題をあまり引っ張る気はないらしく、ラッセルさんは空気を変えると俺に笑いかけてきた。


「ここが魔導具の店だ」

ラッセルさんに案内されたのは大通りの中でも街の中央近くにある店だった。

この辺りは道が綺麗に整理されていて、いかにも金を持っていそうな人間しか見かけない。

移動手段も馬車などが当たり前なのか、店の前には馬車を停めるための広い敷地が確保されていた。

「とても高そうな雰囲気の店ですね」

俺は店の作りをみて圧倒される。入り口はツルツルに磨かれた大理石の階段で掃除が行き届いているのかホコリ一つない。

扉は開けっ放しになっており、一見すると無警戒に見えるのだが……。

『結界が張られているのですよ』

マリーが教えてくれる。どうやら良からぬことを企む人間への対策は万全らしい。

（これは壊すなよ？）

以前に、アリスが張った結界を壊してトラブルになったことがあるので事前に釘を刺す。

『わかったのです。周囲には御主人様を付けてきた人間はいないので安心して買い物するのですよ』

マリーの言葉を聞くと、俺とラッセルさんは店内へと入って行くのだった。


「御客様。何かお探しでしょうか？」

店に入ってすぐに店員が話し掛けてくる。パリッとしたスーツを身に纏った初老の男だ。俺は頷くと店員に返事をした。

「【エセリアルキャリッジ】が欲しいんですけど、扱っていますか？」

目当てにしている魔導具の名前を出してみる。

「ええ、確かにございます。ですが……」

店員は非常に言い辛そうにしている。恐らく俺の身なりを見て、金を持っているのかどうか疑っているのだろう。

「とりあえず見せてもらえないでしょうか？」

俺はそう促すと、目的の魔導具が置かれている場所まで店員に案内してもらう。

「こちらになります」

店の奥の中央にあるスペースに、馬を模した模型と側面にドアが付いていて中はしっかりとした作りの馬車が置かれていた。

これは【エセリアルキャリッジ】と呼ばれる魔導具で、魔力で動く馬車だ。魔法生物に魔力を送ることで動かすことができる。

使わないときは指輪の中に戻ってアイテムの収納もできるので、貴族に人気だ。

かくいう俺も、昔から街中でこのエセリアルキャリッジが走っているのを見ては憧れを抱いていたものだ。

「いくらになりますか？」

これから護衛依頼で他国へ向かうのだが馬車を持っていない。

前々からエセリアルキャリッジに興味があったので、この機会に買おうと考えた。

「はい。二億ビルになります」

「に、二億だとっ⁉」

隣で眺めていたラッセルさんが価格を聞いて大声を上げる。流石は人気の魔導具だけあって高かった。

「普通の馬車なら百万ビルあれば足りるのに……」

ラッセルさんは、冒険者時代に自分が使っていた馬車の値段を思い出し、ポツリと呟く。

「普通の馬車と違ってこちらは出し入れ自由な上、本物の馬と違い疲れもしなければ餌も必要ありませんからね。何より、入手方法がダンジョンドロップと限られておりますので」

店員がつらつらと説明を重ねる。

確かにエセリアルキャリッジは高価だが、魔力さえ十分にあれば動力を切らすことなく一日中だって移動することができる。これは旅をする上で大きな利点に違いない。

「とはいえ、流石にそんな大金持ってねえし……」

ラッセルさんは兵士の契約金で懐が潤っていると聞いてはいる、だがそれまでの冒険者稼業で蓄えがあったとしても千万ビルもないはず。

「エルト、流石に無理だろ？」

確かに俺の手持ちでは足りない。冒険者稼業の期間も短ければ、アークデーモン討伐の報酬もセレナと分けているからだ。

店員が「だから言わんことではない」という雰囲気で俺を見ている。

「この店は買い取りも行っていると聞いたのですが？」

この手の高級店は貴金属宝石類、その他魔法具や魔導具の買い取りをしているはずだ。

「一応、宝石類や貴金属など、他にも付与の触媒や市場で高額にて取引されている品物の買い取りは行っておりますが……」

「そこの机を借りても良いですか？」

「ええ、どうされるつもりですか？」

俺は机に近付くと、持っていた袋から三本のワインを取り出して見せる。

「こっ、これは……まさか、幻獣シリーズのワインですか⁉」

室内の明かりに照らされて輝くラベル。そこには『バハムート』『リヴァイアサン』『ディアボロス』と書かれていた。

店員の声が店内に響き渡り、他の店員や訪れていた客も集まってきた。

「お、おまえ……一体どこでこんなとんでもないワインを？」

邪神の城で手に入れた物だが、エリバンの宰相さんから話を聞いた限り相当希少らしい。所持している王侯貴族も少ないとのことなので、高額で売れると考えた。

店員が慎重に瓶を観察する。そして鑑定を始めた。

俺はそれに興味を持ち、何をしているのか聞いてみると、真贋《しんがん》を見分けるコツを丁寧に教えてくれた。やがて、ワインの鑑定が終わると……。

「間違いありません。これらはすべて本物です」

手袋を外し、ワインを元に戻すと店員は断言した。

「これを買い取ってもらってエセリアルキャリッジを購入したいんですが、そういった取引は可能でしょうか？」

こうして取引すれば売り捌く手間がなくなる。多少は買いたたかれるだろうが入用なので仕方ないだろう。

「す、すぐオーナーを呼んできます」

周囲がざわめく中、店員は慌てて店の奥へと走っていくのだった。

★

「うーん、どっちの服にしようかなぁ」

鏡の前では、セレナが二着の服を掲げて眉根を寄せている。

一着は彼女が今着ているのとそれほど変わらない動きやすい服。もう一着はこの国で流行っている柄で、上質な布を使ったワンピースだ。

スカートから伸びるスラリとした長い足。決して大きいわけではないが、服の上から見てもわかる形の良い胸。さらには誰もが見惚れる幻想的な美しさまで兼ね備えたセレナは完全無欠の美少女だ。周囲の客たちも彼女に注目していた。

そんな中、アリシアは試着室の前で溜息を吐きながら両手に大量の服を抱えていた。

「ねぇ、アリシア。これと同じ付与の服を持ってきてくれないかしら？」

カーテンが開くとアリスが下着姿で現れた。

「アリス様っ！　なんて恰好で出てきてるんですかっ！」

無防備な動きに、アリシアの顔が強張り思わず怒鳴り声が出てしまう。

「別にいいじゃない。ここは女性専用の防具の店だし、あなたとは一緒に水浴びしたこともあるんだし」

アリスの言う通り、ここは女性専用の防具を取り扱っている高級店だ。店員を含めてこの場には女性しかいない。

見た目はお洒落な服なのだが【自動清浄】【魔法耐性】【物理耐性】などの効果を付与することで従来の鎧と同等の防御力を得ることができる。

女性はどうしても力で劣る分、敏捷度が必要なので皮鎧や金属プレートなどの防具はなかなか着けることはできない。なので、こうした軽量の防具が旅をする上で重宝されていた。

問題は、制作過程で効果を付与するのに時間が掛かるため、高額になってしまうという点なのだが、今回はアリスが二人を誘い、支払いを持つ約束をしていたのでセレナは特に気にせず好きなものを選んでいた。

「そういう問題じゃありません！　もっと恥じらいを持ってくださいと言っているんですよ」

アリスは要人なのだ、不用意に肌を晒すべきではない。アリシアは口を酸っぱくしながらアリスに忠告するのだが……。

「まったく。本当に硬いんだから。そんなんじゃエルト君を盗られちゃうわよ」

「なっ⁉」

下着姿で堂々と腰に手を当てる。アリスはそう言うとセレナを横目で見た。

彼女は真剣に服を選んでいるのか二人の視線にまったく気付く様子がない。それだけ着飾った姿を見せたい相手がいるのだろう。

「よ、余計なお世話ですっ！　私だってエルトとは……」

言い返している最中に顔が熱くなり、身体が熱を発し始めていた。

先日、アリシアは熱烈な告白をし、その上で強引にエルトに迫ってキスをしたのだ。そのことを思い出してしまったのか頭から湯気が立ち昇った。

「どうしたの、アリシア。顔が赤いわよ？」

アリシアはそのことをアリスに報告していないし、エルトの性格からして他人に吹聴することはない。アリスもまさか二人の仲がそこまで進んでいるとは考えておらず、アリシアの様子に首を傾げた。

「な、なんでもありません。【魔法耐性】と【自動洗浄】ですね、見てきますっ！」

咄嗟《とっさ》に追究を避けたアリシアは店員の下へと逃げていく。

「うーん、あれはもっと積極的に行かないと駄目かもね」

実際はこれでもかと言うぐらい積極的に行っているのだが、それを知らないアリスは口惜しそうな表情でアリシアの背中を見送るのだった。

「えーと……」

テーブルには二セットの紅茶とケーキが並べられており、紅茶の香りが漂ってくる。

アリシアの目の前では、セレナが目を輝かせながらそれを食い入るように見ていた。

あれから、それぞれの防具を買って店を出た三人だったが、アリスが「出発までにやらなければならない仕事があるから」と城に帰ってしまった。

そんなアリスに「ここのカフェを予約しておいたから行ってきて」と言われたアリシアは、セレナを連れて店に入り予約席へと座ったのだが、突然の事態にどうして良いかわからないでいる。

「ねえあなた。どっちのケーキにする？」

森暮らしのせいで、こういったお菓子をあまり食べたことがないセレナは、真剣な表情をしながらケーキを凝視していた。

「えっと、じゃあ……こっちで？」

セレナは頷くと、アリシアが選ばなかった皿を無言で引き寄せた。

お互いに話をすることなくケーキを食べ続ける。周囲の客は歓談をしているのに、この二人の周りには店員も寄り付こうとはしない。

アリスから手配された席なので帰るわけにもいかない。アリシアはセレナの様子を窺い始めた。

「さっきから何か言いたいことでもあるの？」

顔を上げたセレナと目が合う。アリシアは慌てたが、ふと前から気になっていたことを聞いてみようと思った。

「えっと、私が再会するまでのエルトについて教えてもらえないでしょうか？」

本当に気になっているのはエルトとの関係だ。

生贄《いけにえ》になるまで、エルトにとってもっとも親しい女性はアリシアだった。もし自分が生贄に選ばれなければ、お互いを意識して恋仲になっていたかもしれない。アリシアはそんな未来を想像し、エルトとの再会を望んでいた。

だが、再会をしてみるとエルトの周りには違う女性がいた。

マリーは契約精霊なので気にする必要はないが、目の前に座るセレナ。彼女はアリスに引けを取らない美貌を持っている。そんな相手がエルトの傍にいたのだから、気にならないわけがなかった。

「いいけど、条件があるわ」

まずは相手の情報が欲しい。そんなことを考えていると、セレナは指を一本立てるとアリシアの前に突き付けた。

「あなた、エルトの幼馴染みなのよね？」

瞳に力強さを感じる。アリシアはそんなセレナに気圧《けお》されると息を呑んだ。

「は、はいそうですけど？」

事前に紹介されているのでセレナも知っているはず。首を傾げるアリシアだったが、途端にセレナの表情が崩れ始めた。

「私が質問に答える代わりに、エ、エルトの昔の話を教えてくれないかしら？」

言っている途中からセレナの耳が赤くなった。冗談を言った様子はなく、アリシアはしばらくの間、口を開けてセレナに魅入ってしまった。

それと同時に、目の前の女性が間違いなくエルトに好意を寄せていることを確信する。

「わかりました、セレナさん。その条件で大丈夫ですよ」

アリシアは頷くと情報交換に応じるのだった。


「それで、何が聞きたいの？」

セレナはコップに口をつけるとアリシアに質問を促す。

「私が知っているのはエルトが転移魔法陣を踏む直前までなんです。できればセレナさんとどうやって出会ったのか、ここにくるまでどんなことをしてきたのか、話してもらえないでしょうか？」

アリシアがもっとも気になっている部分をストレートに聞く。

「わかったわ。じゃあ話すわね。私が初めてエルトと会ったのは――」

セレナはうっとりとした表情を浮かべると、エルトとの出会いについて語り始めた。

「――それでね、風の精霊王の攻撃から守ってくれたのよ。あのときのエルト、格好良かったなぁ」

頬を紅潮させて語るセレナ。その瞳はどうみても恋する乙女で、とっつき辛いというこれまでの彼女の印象が一気に変わってしまった。

ここまでの話を聞く限り、セレナは完全にエルトに惚れている。だが、肝心なことをまだ聞けていない。

「あっ、あのっ！」

アリシアは勇気を振り絞るとセレナの話を止めた。

「ん？　何？」

気を悪くする様子もなく、不思議そうな目でアリシアを見る。

アリシアは胸元で拳を握り深呼吸をすると、

「セレナさんってもしかしてエルトと恋人だったりしますか？」

本人に聞くのが怖くて、これまで避けてきた疑問をセレナへとぶつける。あの日の告白以来、その話題に触れてこなかったのは、万が一付き合っていたら自分の入り込む隙間がなくなってしまうからだ。

緊張して手が震える。判決を言い渡される罪人のような気持ちで、アリシアがセレナの答えを待つ。

「ううん、私とエルトはそんなんじゃないわよ」

だが、セレナはあっさりとした声でそれを否定して見せた。

「よ、良かったよぉ」

安心したのか目に涙を浮かべるアリシア。だが、安心させておいてからセレナは爆弾を投下する。

「私が一方的に告白してるだけだから」

「えええええええええっ‼」

テーブルに両手を突き、尻を突き出す。椅子が大きくずれカタカタと揺れた。

「ちょ、ちょっと、アリシア。目立ってるわよ」

「す、すみません」

慌てて腰を下ろす。だけど驚くのは無理もない、目の前の美少女エルフはアリシアよりも早くエルトに好意を伝えていたのだ。

震える手でコップを持つと落ち着くために飲み物を口に含む。今は何より動揺を相手に見せたくなかった。アリシアは紅茶の味を舌で感じていると、

「それで、アリシア。あなたもエルトのことが好きなのよね？」

「ムグッ！　ゴ、ゴホッゲホッ！」

急な言葉に紅茶を吐き出しそうになる。アリシアは何とか堪えるのだが、そのせいでむせてしまった。

「きゅ、急に何を言うんですかっ！」

鼻の奥が痛む。目に涙を溜めたアリシアはセレナに言い返した。

「出会ったときからずっと私のことを気にしていたし、何よりエルトを追う目の動きでわかるわよ」

どうやら質問ではなく確認だったらしい。セレナは一瞬瞳を揺らすと声を震わせる。

「アリシアこそ、もうエルトと恋人関係になってるんじゃないの？」

その顔には余裕がなく、これまで硬い表情を向けていたのはセレナも同じ懸念を抱いていたからだった。

身代わりで邪神の生贄になるほど大切な存在。幼い頃から共に過ごし、お互いのことを家族同様に良く知っている。

エルトのことを大切に思っていて、遠く離れた国まで駆けつけてきた。

再会した日、セレナはエルトの態度がいつもと違っていたことに気付いていた。

アリシアを見てはお互いに顔を赤くして目を逸らす。そんな様子を見る限り二人が既に付き合っているという可能性は否定しきれない。

今度はセレナが不安そうな表情を浮かべアリシアを見る。

アリシアは自分がさきほどまでこういう顔をしていたのだろうかと、場にそぐわない想像を働かせてしまった。

「いいえ、まだです」

「そっか……」

あからさまにほっとした空気を出すセレナに、アリシアは言葉を続けた。

「だけど、先日告白はしました」

アリシアはセレナを真っすぐに見る。これまでと違い、目を逸らすことはない。

「セレナさん」

アリシアが言葉を続ける。

「セレナでいいわよ。私もアリシアって呼んでるし」

お互いの気持ちがわかったのか、これまで隔てていた壁がなくなった。

「セレナ」

アリシアは頷くと名前を呼ぶ。そして右手を差し出した。

「負けませんからね」

「うん、私も負けないわよ」

セレナはその手を取ると握手を交わすのだった。

★

「それにしても、お前は本当に底がしれねえな」

あれから、無事エセリアルキャリッジを手に入れた俺たちは店を出た。

「運が良かっただけですから」

俺が邪神を討伐したという話は今のところ各国の王族や神殿関係者、エリバン王国の貴族までしか知らない。

だが、ラッセルさんは事件の当事者ということもあり、ある程度の事情を知っていた。

「それより、この後もう少し……」

エセリアルキャリッジに積み込む荷物について相談しようとしていると、

「あれ？　アリスじゃないか？」

妙に人目を引く背中が目に映った。

「エ、エルト君⁉」

名前を呼ばれて振り返る。何やら焦っている様子だ。

「こんなところに護衛の一人もつけずにどうしたんだ？」

俺は近づきながら周囲を見渡すが、他に人の気配はない。

「わ、私は、ちょ、ちょっとね……」

仮にも王族が他国の街中で護衛もつけないのは危なくないだろうか？

ラッセルさんも、訝し気な顔をしていた。

「そ、そういうエルト君こそ、何でここに？」

俺の視界を遮るように前に立ち、チラチラとこちらの様子を見ている。

アリスが覗いていたのはお洒落なカフェのようだ。

「俺は旅の準備をしていたところだ」

「そうなんだ。護衛の件、早速取り組んでくれてるのね」

ちゃんと仕事をしているのが嬉しいのか、アリスは微笑んだ。

「引き受けたからには全力で取り組むのは当然だろ？」

まだ冒険者として日が浅いが、請けた仕事は責任をもって遂行する。ラッセルさんからそう教わっているのだ。

「それより、護衛もなしで動き回るのはまずいだろう」

本人は気にしていないようだが、アリスは人を惹きつける容姿をしているので目立つ。

並の相手ならばアリスには敵わないだろうが、万が一ということもあるのだ。

「それは、その……」

困った表情を浮かべ、俺から視線を逸らす。

ラッセルさんは俺たちの会話に加わらず、カフェの方を見ていた。俺がどうしようか考えて

いると、

「なるほど。そういうことかよ」

ラッセルさんは納得した様子で頷く。そして何かを思い出したようにポンと手を叩くと、

「あー、思い出したー。そういえば俺この後用事があったんだー」

なぜか棒読みで話し始めた。

「えっ？　今日は非番って言ってませんでしたか？」

俺が突っ込みを入れると、

「馬鹿やろうっ！　王国の兵士に休みなんてねえんだよっ！」

なぜか突然怒鳴られてしまった。

「とにかく俺は先に戻るから」

「は、はぁ……」

勢いに押されて返事をすると、ラッセルさんはその場を離れる。そして突然振り返ると……。

「一人で出歩くのは危険かと存じます。エルトを御供にするのがよろしいかと」

ラッセルさんはアリスにそう言うと目配せをしてみせた。

「ふむ、確かにその通りかもしれないわね」

アリスはアゴに手を当てて考え込む。そしてチラリと俺を見た。

「あー、俺で良かったら付き合おうか？」

ラッセルさんの意図はわかる。流石の俺もこのままアリスを放っておくわけにはいかない。

「いいの？」

「ここでアリスを一人っきりにしておくと、この後気になって買い物どころじゃないからな」

何らかの事件に巻き込まれたりしたと後から聞いたら後悔しそうだ。

「なら、私が君の買い物に付き合ってあげるわよ」

「いいのか？」

「だって、私の護衛依頼の準備よね？　だったら私も一緒の方が良いでしょう？」

確かに一理ある。俺はその提案を受け入れることにした。

「それじゃあ、早速行きましょう」

アリスに背中を押されてカフェが遠ざかっていく。

「お、おい。そんなに押さなくてもいいだろ」

「護衛なんだからね。悪人が出たら守ってもらうんだから」

機嫌よさそうにそう言うアリス。俺は溜息を吐くと、

「はいはい。仰せのままに」

気安いアリスの態度に自然と軽口を返すのだった。

二章

『それで、リカルドの安否ははっきりしたのか？』

静かな声が通る。廃墟と化した建物の地下にある薄暗い部屋。

地面には魔法陣が描かれ、燭台《しょくだい》は髑髏《どくろ》を置台に使っている。後ろ暗い連中が禁止された儀式などを行っていた場所なので秘密話をするには適していた。

「はっ、ロード。やつが担当していました迷いの森。その魔力スポットに埋められていた虹色ニンジンはすべてなくなっておりました」

デーモンロード直轄の四闘魔。そのうちの一人が報告を行っていた。

エリバン王国の国土の一部である迷いの森にて実験を行っていた【刹那のリカルド】が、ある日を境に消息を絶っていた。

本来であればあるはずの定期報告がなかったこともあり、デーモンロードは部下に命ずるとリカルドの様子を探らせた。

実験内容は、錬金術などに高い効果を持つレア野菜【虹色ニンジン】の育成だ。

リカルドは迷いの森の豊富な魔力に目をつけて人工栽培を試みた。もし成功していたなら、デーモンロード陣営は大幅に戦力を底上げし、今頃エリバン王国を蹂躙していただろう。

「加えて、エリバン王国でアークデーモンの討伐が発表されたようです」

『それはリカルドで間違いなかろう』

アークデーモンは十三魔将以外にも存在しているが、連絡が断たれたタイミングを鑑みると間違いなさそうだ。

『策を見破られ、人族ごときに後れを取る……。悪魔族の面汚しが』

デーモンロードの苛立ちがその場の空気を震わせ、燭台が弾け飛んだ。

「それともう一つ……、こちらは流石に真実かどうかわからないのですが」

『なんだ？』

デーモンロードが短く言葉を放つ。苛立っている証拠だ。

「人族どもが勝手に騒いでいるだけで、まさかあり得ぬとは思うのですが……」

『くどいっ！　結論から言えっ！』

デーモンロードの怒りに部下は息をゴクリと飲むと答えた。

「邪神めが討伐されたそうです」

『は？』

ここにきてデーモンロードの声から驚きが漏れる。

『貴様、それがどういう意味を持つのかわかっているのか？』

デーモンロードは確かに邪神の気配を見失っている。頭に様々な考えがよぎると……。

『その話の裏をとれ。各国で暗躍している十三魔将へ連絡し情報を集めよ。もしその話が本当なら……』

部下はゴクリと喉を鳴らす。

『やつが持っていたあれを手に入れるチャンスだ！』

下手に手を出せば大きな被害が出るため、邪神が保有していると知りつつも手が出せなかった。

『今計画を進めているグロリザル。あちらの古代の遺物《アーティファクト》が手に入れば、世界は悪魔族の物となるのだ』

デーモンロードはそう言うと、笑い声をあげた。

★

「それじゃあ今日から護衛よろしくね」

エリバン王国の北門付近、広場ではアリスが明るい様子で声を掛けてきた。

「どうして武装をしているんだ？」

腰に魔法剣を差し、【物理耐性】の付与が施されたドレスにマント。【魔法耐性】の付与されたティアラを身に着けたアリス。どこからどう見ても完全武装でとても護衛をされる側とは思えない。

「そんなの、何かあったら私も戦うからに決まってるじゃない」

アリスは首を傾げると不思議そうな顔をする。どう考えても彼女の言葉の方がおかしいのだが……。俺はアリシアに助けを求めた。

「アリス様はね、近衛騎士でも勝てないぐらい強いから。道中にモンスターが出ると真っ先に飛び出して戦ってたんだよ」

アリシアは俺に身体を寄せるとひそひそと耳打ちをしてきた。

湖の件を思い出す。確かにアリスは言葉より先に剣が出る。近衛騎士たちも道中散々苦労させられたに違いない。

「どこの世界に護衛対象を戦わせる冒険者がいると思う？」

ここらに現れるモンスターなら俺とセレナがいれば何とでもなる。金をもらっている以上俺たちの仕事なのだから戦う必要は一切ない。

「えー、でもずっと馬車の中だと身体がなまっちゃうし」

頬を膨らませて抗議してくる。まるで子供のような仕草にこれまでとギャップを感じる。

「そうは言っても、万が一ということもあるだろう？」

アリスの言動は聞いているこっちがハラハラさせられる。俺がやんわりとたしなめると、

「じゃあ、エルト君。妥協案なんだけど、休憩中は私に付き合ってよね」

彼女はそう言うと右手を握ってきた。

「つ、付き合うって何ですか⁉　アリス様！」

アリシアが大声を上げたので俺とアリスは驚くと彼女を見た。

「何よいきなり。せめてそのくらいいいじゃない？」

アリスは突然叫ばれて首を傾げるとアリシアを諭す。

「だ、だってアリス様は王女だし……。エルトと私は別に付き合ってるわけじゃないから止める権利もないけど……。それでもそんないやらしいです」

何やら口元に手を当ててぶつぶつと呟いている。

「アリシア、何を言っているの？」

「アリス様こそ、もっと自分の立場を自覚してください」

顔を上げるとキッとアリスを睨む。

「立場ね。近衛騎士たちとも散々したんだし、今更よね？」

「も、もしかして訓練の話ですか？」

アリシアは焦りを浮かべるとアリスに質問した。

「そうだけど、何と勘違いしたのかしらね？」

口元に手を当ててたアリスは、悪戯な笑みを浮かべるとアリシアをからかった。

「うっ、それは……その……」

口元でごにょごにょと呟くアリシアに、アリスは優しい笑みを向ける。

「心配しなくても盗ったりしないから。アリシアこそもっと危機感を持った方がいいわよ」

なんの話をしているのか、耳元でひそひそ話しているので聞き取れない。

だが、こうしてじゃれ合っているところを見ると、本当に仲が良いことがわかる。

「まあ、マリーが来られない以上、雇い主が武装するのも悪くないんじゃない？」

会話に集中していたところ、セレナが別な提案をしてきた。

「俺たちは索敵能力がマリーほど高くないからな。いざというときに備えるに越したことはないか」

マリーには引き続き兵士の治療を行うためエリバンに滞在してもらっている。本人は嫌がったのだが、聖気を補充できるのは俺かマリーだけだし、今更治療をやめるわけにいかなかったからだ。

一応、マリーは兵士の治療が終わり次第合流することになっている。

「でしょう！　それに私は強いのよ。王国でも私と打ち合える相手なんてそうはいないんだから」

自慢げに胸を張るアリス。慢心しているようなので釘を刺しておこう。

「俺には負けたようだがな？」

「うっ！　それはエルト君が強すぎるから……」

湖畔での戦いを思い出したのか、悔しそうな顔をして反論してくる。

「迷いの森の奥には強いモンスターもいた。あまり自分の強さを過信しない方が良いぞ」

「……うん。ごめんなさい」

思いのほか聞き分けがよく、へこんだ表情を見せる。あまり脅しすぎてもこの先が気まずいので……。

「まあ、引き受けたからには身の安全は保障するよ」

俺はアリスを安心させるために笑って見せた。


「それで、公衆広場を待ち合わせ場所にしたってことは馬車を手配してくれたのよね？　私たちが乗る馬車はどれなの？」

セレナがうきうきした様子で周りの馬車を見ている。

「ああ、それなら今から出す」

俺は嵌《は》めている指輪に魔力を通す。指輪が輝き、もやのようなものが噴出し、それが目の前に集まり形を作り始める。

やがて、もやが収まると広場には馬車が出現した。

「えっ、これってエセリアルキャリッジじゃない！」

アリシアは馬車に近付くと手で触れた。

「昔、話していただろ？」

俺の言葉に彼女は首を傾げる。俺は当時を思い出すと彼女の言葉を真似た。

「『いつかこれに乗って二人で旅をしてみたいね』ってさ」

「そんな昔のこと覚えてたんだ」

アリシアは口元を手で隠し、目を大きく開いて俺を見る。

「あのときはそんな日が来るなんて夢にも思わなかったけど、また夢が一つ叶っちゃったね」

間近で笑顔を見せられた俺は一瞬ドキリとする。アリシアは俺の手を握り嬉しそうにしている。俺は喜びと同時に妙に落ち着かなくなった。

「良く買えたわね。これかなり高かったでしょう？」

アリスは胸の前で腕を組み、斜めに構えると探るような視線を送ってくる。

「一昨日ラッセルさんと買い物に行ったときに買っておいたんだよ。金については邪神の城から持って帰った高価なワインをいくつか売った」

たった三本のワインと交換してもらえたのだから良い取引だった。

「そんな物を持っていたんだ？」

アリスは驚いて見せると真剣な顔をした。

「エルト君。前々から言おうと思ってたけど、あまり他人を信用しない方が良いわよ？」

アリスは眉をひそめると注意をしてきた。

「ただでさえエルト君を利用しようという人は多いの。そういう人たちにとってエルト君の情報はとても貴重なんだよ」

指を立て諭してくる。その様子は真剣に俺を心配してくれていた。怒られているにもかかわらず俺は笑ってしまった。

「何がおかしいのよ?」

「いや、俺も別にだれかれ構わず教えているわけじゃない」

「じゃあ、どうして今言ったのよ?」

「ここにいる人間を信頼しているからだ。アリスは別にバラしたりしないだろう?」

俺がそう返すと、アリスは口を開けてほうける。

「そ、そんな言い方ずるいわよ。ここで裏切ったら私が悪者じゃない!」

「それも作戦の内ってことで」

意表を突いたせいか、アリスは黙り込む。そして、恨めしそうに俺を睨みつけてきた。

「そりゃ、私だってエルト君を危険に晒したいわけではないけど……。信頼されてるのは素直に嬉しいわよ? だからってそんなこと急に言われても……」

アリスの中で葛藤があるらしく、ウンウンと唸っている。

「もちろん私は誰にも言わないからね」

そうこうしている間にアリシアが横から話し掛けてきた。

「私も今まで通り言わないわよ」

セレナも当然とばかりに頷く。

二人はアリスの方をじっと見るのだが……。

「わかった、わかりました！　そんな目で見ないでよ。私も誰にも言わないから！」

俺たちの視線に耐えられなかったのか、アリスは大声でそう答えるのだった。


「それじゃあ、出発するか」

アリスが落ち着くと、俺は改めて皆に確認する。

「わかったわ。じゃあ私が御者やってみてもいいかな？」

俺が操縦するつもりだったのだが譲ることにする。指輪に魔力を流すと馬車全体が青く光り、魔法生物の馬が頭を上げて反応してみせた。

「セレナ、疲れたらいつでも言ってね。体力回復の魔法をかけてあげるから」

セレナが御者台に座るのを見て、アリシアは馬車へと乗り込んでいく。

二人の間にはこれまでよりも自然な空気が流れていた。先日まではお互いに距離を置いている様子だったので、なんとかできないか考えていたが、いつの間にか仲良くなったようだ。

ふとアリスを見ると、なぜかセレナとアリシアの様子を見てウンウンと頷いていた。

「アリスも早く乗ってくれよ」

護衛対象が乗り込まないことには出発できない。俺はアリスに搭乗するよう促すと、

「ああ、うん。自分のやったことは間違ってなかったんだなと思ってね」

何やら含みのある言い方をする。アリスは優しい目で二人を見ていた。

アリスが馬車に乗り込むのを見届け、俺はセレナの隣に座る。

「それじゃあ、目指すは北方。山脈と北海に囲まれたグロリザル王国よ」

なぜか御者台の後ろにある小窓から顔を出したアリスが音頭をとり、俺たちは目的地へと出発した。


のどかな風景が前方に広がっている。

馬の足音と車輪が回る音が聞こえ、暖かな風が頬を撫でる。

現在、俺たちはアリスの護衛で他国へと向かっている。だがこれは護衛の任務というより旅行という言葉が適切ではないだろうか？

セレナは御者台に座って陽の光を浴びながら口笛を吹いているし、アリシアとアリスは馬車の中で楽しそうに会話をしている。

エリバンの王都を出発してから数時間、現れるのは弱いモンスターばかりなので俺はすっかり緊張感をなくしていた。

日差しを浴び、押し寄せる眠気に身を委ねていると突然馬車が停止した。

「どうした？」

俺は目を開けるとセレナに聞いてみる。

「前の方に馬車が見えるのよ」

セレナに言われて前方を確認する。目を凝らすと数百メートルほど先に馬車が停まっていた。

「何人かが鎧を着ているな」

全員が同じ鎧で統一しているようだ。周囲を警戒しているのか、何人かこちらを見ていた。

「もし、何らかの事故に遭っているなら助けるべきか？」

どちらにせよ進む先に停まっているのだ。声は掛けるべきだろう。

「エルト君。盗賊かもしれないから気を付けた方が良いわよ？」

御者台に繋がる小窓が開き、アリスが警告してきた。

「ああ、わかってる」

一見すると困っている様子の人間が盗賊だという話はわりとよくある。商人に扮しており、声を掛けると待ち伏せしている仲間が襲いかかってくるのだ。他人の善意を利用した嫌なやり方だ。

「モンスターなら倒せばいいだけなんだが厄介だな」

マリーがいれば周囲の索敵は容易なのだが、エリバンに残してきた。

俺はどうしたものか考え、頬を掻く。

「どうするの？　無視して通り過ぎる？」

セレナが判断を仰いでくる。

厄介なことに本当に困っている可能性もあるのだ。

「さて、どうするべきか……」

俺たちは要人の警護をしている最中だ。他は無視して依頼人の安全のみに注意するべきだろう。俺は頭を悩ませる。

相手が盗賊だとして不意打ちを避ければ何とかなるか？

そんな推測を立てようにも、相手の実力もわからなければどうしようもない。

「でも、本当に困っているなら助けたいよ」

アリシアはそう言うと、俺のことをじっと見つめてきた。

紫色の瞳が揺れている。心優しい彼女のことだ、困っている人を見過ごせないのだろう。

「アリシア、私たちは貴女たちを護衛しているのよ。相手が盗賊かもしれないのに危険は冒せないわ」

セレナがアリシアを説得しようとする。

「確かに相手の正体がわからないのに近づくわけには……」

俺もセレナと同じ判断なので接触を避けようと考え、口にしようとしたところで不意に閃いた。

「いや、問題ない。あの人たちを助けよう」

　俺は馬車の周りに立っている鎧を身に着けた男たちを見ると皆に告げた。

「エルト⁉」

「俺が話をしてくるから、万が一のことを考えてアリスとアリシアは馬車から絶対に出ないでくれ」

　俺は三人に言い聞かせると馬車から降り、歩いて前の馬車に向かった。

「すみません。何かお困りでしょうか？」

　ある程度近づいたところで大声で話し掛ける。

　セレナには御者台に残ってもらい、相手が怪しい動きをしたら離脱してもらうように段取りをつけてある。

「ええ、実は車輪が溝に嵌ってしまって抜け出せなくなってしまったのです」

　男三人が必死に馬車を押していて、槍を持った女性が説明をしてくれた。

「まったく、誰がこんな場所に溝を作ったんだか。急いでるんだがなぁ……」

　馬車の陰から男が一人出てきた。厚手のマントにターバンを被った緑髪をした、俺より少し年上に見える青年だ。

「ちょっと見せてもらっていいでしょうか？」

　槍を構えた女性が頷いて横にずれると俺は車輪へと近づいた。

「確かにがっちり嵌ってますね」

確認してみると左右の後輪が窪みに完全に嵌っている。そのせいで立ち往生しているようだ。

「もし良かったら、馬車を押すの手伝いましょうか？」

見たところ、力が足りず抜け出せないようなので手伝いを申し出た。

「それは助かるけど、いいのか？」

緑髪の男は驚きの表情を浮かべると俺に聞いてきた。

「困っているときはお互い様ですから」

俺はそう言うと馬車を押している男たちに加わるのだった。


「ありがとう。本当に助かった」

無事に窪みから出て穴を土で埋めたあと緑髪の男に礼を言われた。

「俺はレオンっていうんだ。あんた名前は？」

「俺はエルト。冒険者をやっています」

差し出された手を握り返す。

「冒険者？　じゃあ何かの依頼中だったんじゃ？」

「ああ、護衛をしている最中ですよ」

そう言って馬車を見る。

「へぇ、エルフとは珍しい」

「セレナです。俺のパーティーメンバーなんですよ」

俺が手を振るとセレナも笑いながら振り返してくる。周囲を警戒しているので馬車の手綱は握ったままだ。

「それよりレオンさん……」

「レオンで良い。親しい人間にはそう呼ばせている」

「じゃあ、俺もエルトでお願いします」

「それにしてもあんな美人な子と冒険できるなんてあやかりたいもんだ」

レオンはしきりにセレナを褒める。俺は何と答えるべきか悩んでいると、槍を持つ女性が咳ばらいをした。

「失礼、エルト殿と言いましたか？」

「あっ、はい」

彼女はレオンの前に出ると御辞儀をした。

「御助力感謝します。御陰様でどうにか馬車を動かすことができました。この御礼については必ずさせていただきますので、是非滞在先をお教えください」

「い、いえ。そこまでのことでもありませんので……」

丁寧な対応に思わずこちらが恐縮させられる。

「おい。あまりグイグイ行くな。エルトが困っているだろう」

レオンが止めてくれてホッとする。

「すまないな。こいつはシャーリーって言うんだけど、どうにも堅いところがあってな」

苦笑いをするとシャーリーさんを見る。本人は首を傾げていた。

「いいえ、気にしてませんよ」

俺は手を振って見せた。

「それにしても助けてもらっておいてなんだが、盗賊の可能性もある。気を付けた方が良いぞ」

やはり普通は見過ごすものらしい。レオンから忠告された。

「まあ、あなたたちが盗賊だったら返り討ちにしただけですから」

実際には盗賊ではないと確信があったのだが、それを説明するわけにもいかない。

「腕に自信があるわけか」

レオンは値踏みするように俺を見る。

「それにしても……その名前に、そのオーラの量は……？」

口元に手を当て何やらぶつぶつと呟いている。俺がレオンに話し掛けるか悩んでいたところ、

「レオン様、時間が押してしまっています。そろそろ出発しないと」

シャーリーさんがレオンをせっついた。

「ったく。せっかく面白そうなやつと話しているのに……」

興を削がれたのか、つまらなそうな顔をするレオン。

「すまないが今は時間がなくてな。礼はまた会ったときにさせてもらうよ」

「また会えますかね？」

何せ世界は広い。一度別れてしまえば一生会わない可能性だってある。俺が笑みを浮かべてそう言うと、

「会うさ、きっと」

レオンは自信ありげに言った。

「どうしてそう言い切れるのですか？」

「俺の勘……だな？」

悪戯《いたずら》な笑みを浮かべると、レオンは片目を閉じて馬車へと乗り込む。

結局こちらが聞き返す間もなく、レオンを乗せた馬車は走り去ってしまった。

「セレナ、鍋に水を入れてもらえるかな？」

「わかったわ」

アリシアがそう言うとセレナは鍋を用意し、精霊に命じて水を注ぐ。その横でアリシアがナイフで干し肉を削っていた。

レオンたちと別れてから俺たちも進行を再開したのだが、馬車を押し出したり地面を埋めるなどして時間をロスしたせいで、中途半端にしか進むことができなかった。

お蔭で予定していた街に到着できなくなり、どうしようか考えていたところ、アリスが『だったらキャンプしましょうよ』と言い出したのだ。

流石に一国の王女に野宿をさせたら問題だと思ったのだが「こういうの本で読んで憧れていたのよ」と目をキラキラしながら言われては駄目と言い辛い。

俺も昔は物語を読んで、そういうものに憧れていた時期があった。

セレナにも周辺を警戒するように言ってあるし、このあたりに出てくるモンスターは大したことがないので、よほどのことがなければ大丈夫なはず。

そんなわけで、現在は移動に使うはずだった時間を有効利用して食事の準備をしている。

今日はアリシアが主導で料理をするらしく、目が合ったときに「楽しみにしていてね」と言われた。

思えばアリシアの作る料理は久しぶりだ。最後に食べたのは彼女が邪神の生贄に選ばれるずっと前だ。

あのときはまさかこうして再び味わうことができるようになるとは思いもしなかった。カマド作りを終え、手持ち無沙汰で二人を見ていた俺だったが……。

「ちょっと！　何やってるのよっ！」

セレナの怒鳴り声が聞こえ、意識を引き戻される。

「えっ？　野菜を斬っているんだけど？」

声のした方を見ると、アリスが野菜を空中に放り投げてバラバラに斬り裂いていた。

「アリス様、そんな切り方じゃだめですよ。同じ大きさにしないと火の通りが変わります。あと、芽に毒がある野菜も混じっているのでそれも取り除かないと……」

アリシアが困った顔をしながらもやんわりと指摘するのだが、

「わかったわ。次はもっと細かく斬ればいいのね？」

それを挑戦と受けとったのか、アリスは不敵に笑って見せる。どうやらアリシアの言葉を理解できなかったらしく、考えることを放棄していた。

「だから、なんで、剣でやろうと、するのよっ！　包丁を使いなさいって言ってるでしょっ！」

セレナは作業を中断するとアリスに詰め寄り、腰に手を当ててしかりつけた。

「えー、こっちの方が慣れているのに……」

不満そうな言葉を口にするが、この掛け合いを楽しんでいるように見える。

セレナがあれほど怒るのは珍しい。旅の雰囲気のせいか三人がわいわいと楽しそうにやっている姿を見ると自然と頬が緩んだ。

俺は三人が言い争っているのを尻目に、

「釣りでもしてくるか」

釣り道具を取り出し川へと向かった。

「ここの魚は思っているより育っているな」

桶の中には既に十を超す魚が泳いでいる。

釣りを始めてから一時間。せせらぎの音に身を任せ、無心で釣竿を振っていると気が付けば結構な数の魚が釣れていた。

「アリシアがどれだけ料理を用意しているかわからないが、一人二匹食うとしても結構余るな？」

川魚は身がたっぷりついているので食べ応えがありそうだ。俺は晩飯を期待して物思いにふけっていると……。

「エルト君、いる？」

背後からガサガサと草木を掻き分ける音がして、アリスが現れた。

「なんだ、料理をしていたんじゃないのか？」

俺は振り向くことなく答える。すると彼女は俺の隣へと乱暴に座ると、

「追い出されたわよ。危なっかしいからって」

腕を伸ばし上体を反らす。そのせいで、身体の一部が強調され目のやり場に困る。俺は咄嗟

に顔を逸らすのだが、無防備なアリスが心配になり溜息を漏らした。

「そりゃあな、剣を振り回すような相手じゃ……」

同じ調理場に立ちたくないだろう。

「私も料理したかったのに……」

膝に顔を埋めてぼやく。どうやら本気で落ち込んでいるらしい。

「良かったら釣りをやってみるか？」

このまま無言で横にいられるよりはましと考え、俺はアリスに釣りを勧めてみた。

「えっ？　いいの？」

アリスは顔を上げると俺から釣竿を受け取る。

「餌は既につけてあるから、あとは竿を振って釣り針を川に落として魚がかかるのを待つんだ」

「え、えっと……。こう……かしら？」

俺の指示に従い、アリスは勢いよく竿を振る。釣り針が弧を描いて飛んでいき、川へと落ちた。

「すぐ釣れるかな？」

楽しみを抑えきれないのか、目を輝かせながら俺に聞いてきた。

「これぱかりは魚の気分次第だな」

初めての釣りで魚がかかるのが待ち遠しかった記憶が蘇る。

「そっか、結構退屈なのね」

彼女はそう言うと食い入るように川を見つめる。言葉のわりに退屈してなさそうだ。あまりにも熱心に見ているので、俺は苦笑いをすると、

「あまり見ていると魚が逃げるぞ」

過去に父親に言われたのと同じ言葉を口にした。

「そうなの？　じゃあどこを見ていればいいのかしら？」

アリスはそう言うと対岸を見始めた。

思えば、釣りをするときに誰かがいるのは随分と久しぶりだ。アリスの行動一つ一つに思わず頬が緩む。

「それ、エルト君が釣った魚？　結構釣れたんだね」

しばらく釣竿に変化がないので暇を持て余したアリスが話し掛けてきた。

「ああ、俺は結構釣りが得意なんだよ」

「へぇ、いつからやってるの？」

「子供の頃だから五歳ぐらいか？　父親の趣味が釣りでな。仕事が休みの日には良く川まで連れて行ってもらったよ」

「エルト君の両親は、その……」

アリスはイルクーツ王国の王女。生贄事件のこともあり、俺の生い立ちについては調査済みなのだろう。気まずそうな顔をしていた。

「ああ、両親は俺が六才の頃に死んだんだ」

そう答えると、俺は当時の様子を思い出していた。


あの日、俺は熱を出して寝込んでいた。

両親は急な仕事で出掛けていて、俺はアリシアの家に預けられた。

大した熱ではなかったので俺は安静にしておらず、アリシアの両親が強く言わないのをいいことにアリシアと遊んでいた。

そのせいで病気が悪化してしまい、高熱が出てしまった。

アリシアの両親は急ぎ、隣町にいる俺の両親に連絡を取り、戻ってくるように言った。

俺は高熱にうなされながら、両親が戻ってきてくれることを喜んだ。

翌日。熱は完全に下がり、アリシアの家で目覚めた俺は両親を探してベッドから出た。

寝室がある二階から下り、アリシア夫妻に「お父さんとお母さんは？」と聞いた。

二人は俺から目を逸らし、アリシアが涙を浮かべて抱き着いてきた。

ゆっくりと、落ち着くように。息を吐くとアリシアの父親が膝を突き、俺の肩を抱く。

目線を合わせ「今から大事なことを言うよ」と前置きをした。

告げられたのは、両親が戻ってくる道中崖崩れに巻き込まれたという話だった。

「父さん、新しい釣竿を買ったばかりだったんだ。俺の熱が下がったら一緒に釣りに行こうって言ってくれてさ」

「……エルト君」

あの日、俺が熱を出さなければ。両親の言いつけを守って安静にしていれば。両親は急いで戻る必要がなく、崖崩れに巻き込まれなかった。両親が死んだのは俺のせいだ。

「それから俺は時々一人で釣りをするようになったんだ。もう釣りができない父さんの代わりにやっているつもりだったんだが、いつの間にか俺の趣味になっていたな」

幼いながらに両親を失った溝を埋めたかったのだと思う。俺は「ハハハ」と笑って見せるとアリスを見た。

「すまないな、突然こんな話をしてしまって」

アリスは何と言ってよいのかわからないという表情をしていた。

「ううん、こっちこそごめんね」

謝られてしまい、かえって申し訳ない気持ちが膨れ上がる。

「できれば今の話は忘れてもらえると助かる」

「えっ？」

「アリシアにも話したことはなかったんだが……」

ずっと抱えていた罪悪感を初めて他人に話した。

「そうなんだ、アリシアも知らないんだ？」

「ああ、弱い部分を見せたくなかったんだよ」

アリスが不思議な瞳で俺を見る。

「……アリシアには弱い部分を見せたくなかった。それって……」

何やら考え込むアリス。表情からはどのような感情を抱いているのかいまいち読み取れない。

俺がじっと見ていることに気付いたのか、アリスは咳ばらいを一度すると話し始めた。

「エルト君が自己犠牲を強いるのはその件があったからなのかもね」

「自己犠牲？」

俺はアリスの言葉を聞き返した。

「アリシアの身代わりに生贄になったり、セレナを凶悪なモンスターから守ったり。他にも危険なことに首を突っ込んでいって自分のことは二の次なのよ」

そう言われると心当たりがある気がする。俺はアリスの分析に感嘆していると、

「でもね、エルト君。あなたのその生き方は良くないわ」

真剣な瞳が俺を射貫く。俺はアリスが何を言いたいのかが気になった。

「あなたが傷つくことであなたを慕う人間もまた傷つくのよ」

アリシアとセレナ、それにマリーの姿が脳裏に浮かんだ。

「だが、今更生き方は変えられない。俺には両親を死なせたという負い目がある」

これまで誰にも話したことがなかったが、幼少期に根付いた考えは簡単には変えられない。

俺は胸を押さえて痛みに耐えていると、アリスは竿を置き俺の方を向く。

彼女は胸元に手をあて真剣な瞳で俺を見た。

「私が許します。イルクーツ王国第一王女のアリスが。エルト君、あなたはもう十分苦しんだ」

「えっ？」

柔らかい表情で俺に微笑む。

そんなアリスを見ていると、少し気持ちが楽になった。

「……アリスは凄いな」

「な、何よいきなり」

他人をよく見ているのだろう。俺のちょっとした言葉から幼少期のトラウマを見抜き指摘してくれる。

「ありがとう。凄く楽になったよ」

アリスに話してよかった。俺は感謝の気持ちを口にする。

「どういたしまして」

アリスが笑い返すと穏やかな雰囲気が流れた。

彼女は俺から視線を逸らすと、身体を元に戻し釣竿を掴む。

「あれ？　ちょっと！」

「どうした？」

「エルト君。釣れてる！　魚が釣れてるよ！」

竿が動いていた。

「いいから落ち着いて、力任せに引っ張ると糸が切れてしまう。まずは魚が疲れるのを待つんだ」

「わ、わかったわ」

真剣な瞳で川を見る。水面ではバシャバシャと音がして魚が抵抗している。

「ま、まだなの。エルト君？」

これまでで一番の大物らしく、なかなか抵抗が収まらない。アリスは焦りを浮かべて俺に指示を仰ぐ。俺は川から目を離さず引き上げるタイミングを見計らっていた。

「よし！　今だ！　一気に竿を引き上げろ！」

「はい！」

待ってましたとばかりにアリスは目一杯竿を引っ張る。

「あれっ？　きゃあっ！」

元々剣を振っているので結構な力がある。思いっきり引っ張ったせいでアリスはバランスを崩して後ろに倒れそうになった。

「っと、危ないっ！」

俺はアリスの背中に手を回すと彼女が倒れないように支えてやる。

「あ、ありがとう。それより魚は？」

倒れる際に釣竿を手放してしまったアリスは、キョロキョロと顔を動かし魚を探す。

「あっ、竿があったわ」

彼女は身体を起こすと指さす。そして糸をたどり、その先についているものを見ると、

「つ、釣れたわっ！　やったぁーー‼」

陸にあがり跳ねている魚が目に映る。

「おめでとう。大物じゃないか」

「初めて釣れた！　釣りって楽しいわね！」

彼女はそう返事をすると、無邪気に笑いかけてきた。


釣りを終えた俺とアリスは、連れ立って二人の下へと戻る。

「うわー！　いっぱい釣れたんだね」

桶を地面に置くと、アリシアとセレナが早速釣果《ちょうか》を確認するため覗き込んできた。

「アリスと二人で釣ったからな」

「えへへへ、私が釣ったのが一番大きかったんだよね」

満面の笑みを俺に向けてくる。

「アリス様が釣りをしたんですか？　エルトと一緒に？」

アリシアは意外そうな顔をして驚いた。

「うん、初めてやってみたけど楽しかったわよ。魚との駆け引きも奥が深かったし、釣れたときの喜びは格別ね」

楽しそうに釣りについて語るアリス。どうやら気に入ってくれたようだ。

「エルトとは何もなかったのよね？」

セレナが疑わし気な視線を向ける。俺はアリスと目を合わせる。

さきほど、俺の弱い部分について話して聞かせたが、この二人には内緒にして欲しかった。

「あ、うう。ええとね……」

黙っていてくれるという話だったのだがアリスは狼狽《ろうばい》している。これでは何かあったと言っているようなもの。

「むぅ。アリス様、怪しい」

アリシアも不穏な目でアリスを見ていた。

「べ、別にエルト君とはなんでもないわよ。ちょっと釣りを教わって人生相談を受けたぐらいで」

両手を振って否定するのだが、焦っているせいか発言がギリギリだ。

「「人生相談？」」

「まあ、ちょっとな。あまり詮索しないでくれると助かるんだが」

頼もしかったアリスはあの時限りらしく、仕方ないので俺は言葉を濁す。

「まあ、エルトがそう言うならいいけど」

「何か二人の距離が近い気がします」

納得していない様子でセレナとアリシアは俺を見る。そんな探るような視線を向けられたところで俺から話せることはない。

「それより腹が減ったんだが、飯はできてるのか？」

話を逸らすついでに料理の進み具合について聞いてみる。

「うん。シチューが完成してるよ。あとは魚を捌いて焼こうか」

アリシアはそう言うと慣れた手つきで魚を下ろし始めた。

あたりが暗くなり、周囲の気温が下がり始めていた。

石を積み上げたカマドの上には鍋があり、ぽこぽこと泡が立っている。湯気が流れてくるので鼻をひくひくさせてみると、何とも言えない美味しそうな匂いがして腹の音が鳴った。

鍋の周りには腸を取り除いた魚が串に刺されて火で焼かれている。やったのはアリシアだが、アリスが最後まで自分もやりたいと主張していたので大変そうだった。

少し離れた場所では煙が上がり、余った魚を燻《いぶ》している。

後日食べるため、保存用に燻製にしているのだ。

「はい、エルト。召し上がれ」

アリシアが湯気の立つ器を差し出してくる。鍋からよそったそれは日中から時間をかけて煮込んだスープ。俺はアリシアから器を受け取るとその匂いを鼻一杯に吸い込んだ。

「懐かしいな。最後に食べたのはいつだろう？」

「エルトが仕事についてからは家に上げてくれなくなったから、二年前ぐらいじゃないかな？」

十五歳で成人を迎えると、俺は農場で働くようになった。当時アリシアは教会で病や怪我で悩まされている人たちを治療していた。毎日多くの人を救っているアリシア、そんな彼女に引け目を感じていたのだ。

一口食べてみると当時の記憶が蘇る。

干し肉と野菜を煮込んで味付けしたアリシア特製シチュー。俺はこれが大好物だった。

無意識のうちにスプーンが伸び、シチューを口へと放り込む。

久しぶりに食べるアリシアの料理を堪能していると、ふと彼女と目が合った。

「ど、どうかな？」

自身のスープに手を付けず不安そうに見上げてくる。

「うん、美味しいよ」

俺がそう答えると、アリシアは嬉しそうに笑った。

「そう、良かった。おかわりもあるからいっぱい食べてね」

アリシアはそう言うと、自分もシチューを食べ始めた。

「へぇ、ただのスープじゃなくて複雑な味わいね。この何とも言えない風味はどうやったのかしら？」

今回、料理の補助に徹していたセレナはアリシアの料理にそんな感想を述べる。

「コツは各種の野菜に果物を加えて使ったんだよ。塩漬けした肉を多めに入れて煮込むとしょっぱくなるから、果実を入れることでまろやかになるの」

アリシアも「よくぞ聞いてくれた」とばかりに料理についてセレナに話して聞かせる。

そんな二人の様子を見ていると、アリスが話し掛けてきた。

「そういえばエルト君。聞きたかったんだけどさ？」

「うん？」

「さっき、馬車が溝に嵌まって立ち往生している人たちを助けたじゃない？」

「ああ、確かに助けたけど？」

アリスは頷くとアメジストを思わせる綺麗な瞳を俺に向けた。

「どうしてあれが盗賊じゃないとわかったの？」

俺はスープが入った皿を脇にどけると皆を見渡した。

「それには俺のユニークスキルの詳細について話しておく必要がある」

いい機会だろう。このタイミングで俺は自分のユニークスキルについて三人に話しておくことにした。

「エルトのユニークスキルって【ストック】だよね？　アイテムやスキルを収納できるっていう」

セレナが首を傾げると聞いてくる。どのように使ったのかわからないからだろう。

俺は頷くと説明を繰り返した。

「そう、俺の【ストック】はスキルを溜めておくことができるんだ。今回は迷いの森でモンスターからストックしていたスキル【解析眼】を使った」

「それはどんなスキルなの？」

アリシアが興味を持ったのか俺の目を覗き込んでくる。

「解析眼は対象のステータスを覗くことができるスキルなんだ。これを使えば相手の名前や強さ、スキル、それに称号を見ることができる」

以前にセレナを覗いたときは『エルフ・精霊使い』と表示された。

自分のステータスは自由に見ることができる。その他、身分を照会するような特殊な魔導具も存在している。城門などで前科がないか判定する魔導具。そして盗賊行為を働いた人間は称号に『盗賊』と出ることが決まっている。

「つまり、解析眼であらかじめあの人たちのステータスを覗いていたってこと？」

アリスは俺の説明から推測して正解を言い当てた。

「ああ、解析眼は人物のステータスの他にアイテムの鑑定もできる便利な力だからな。こういうときは重宝する」

「なるほど、そういうことだったのね。流石エルトね」

セレナは納得するとウンウンと頷いた。

「エルトのユニークスキルって、昔から何度も使おうとしてたけど一切発動しなかったよね？どうして使いこなせるようになったの？」

アリシアには何度か付き合ってもらい能力を使おうとしたことがある。だが、俺が何をしてもストックは一度も使えなかった。

「その【ストック】だが、俺が生贄になったとき初めて発動したんだよ」

死の直前の恐怖がきっかけだったのかは今となってはわからない。

「つまり、邪神を前にしてエルトの能力が目覚めたってことだよね？」

アリシアはスプーンを下げると俺をじっと見た。

「ああ、そうだな。一つ言えることはあのとき【ストック】が発動していなければ俺は今こうして生きていない」

恐怖が蘇る。これまでの人生であれほど恐ろしい目に遭ったことはなかった。

「結局、エルト君はどうやって邪神を倒したの？」

気になったのかアリスが核心に迫ってきた。

「邪神が放ってきたスキルに【イビルビーム】というものがあってだな。効果は万物を滅ぼすことができる」

「も、もしかしてエルト君。邪神の【イビルビーム】をストックして、それをそっくりそのまま撃ち返したの？」

恐る恐る口を開いたアリスが正解を言い当てる。

「ああ、効果説明に誇張はなかったようでな。俺がカウンターで放った【イビルビーム】を浴びて邪神は滅んだ」

「それは……とんでもない秘密ね」

アリスはゴクリと喉を鳴らすと、スープへと視線を落とした。

「それにしても、自分の攻撃で死ぬなんて間抜けな邪神よね」

重苦しい雰囲気になりそうなところで、セレナは軽い言葉を挟みこんでくる。

「話だけ聞けば実際間抜けに見えるが、紙一重だったんだよ。俺も邪神が消滅した当初はすぐに信じられなかったし」

しばらくして、生き延びたことがわかると足が震え、その場にへたり込んでしまったぐらいだ。

「なんにせよ、エルトが無事で私は嬉しかった。だって、もう会えないと思ったんだもん」

「アリシア」

涙ぐむアリシア。彼女の瞳を見ると胸がざわつき目が離せなくなる。

「つ、つまりエルト君は邪神のスキルをストックしているということだから【イビルビーム】を撃てるのよね？」

アリスは顔を上げると質問をしてきた。

「ああ、回数に限りがあるから何発でもとは言わないが撃てるぞ」

「そ、それって……わりとんでもない事実なんだけど」

頭痛でもするのか、アリスがこめかみを押さえた。

「大丈夫か、アリス？」

俺が心配して声を掛けると、アリスはがばっと顔を上げ俺と目を合わせる。

「いい？　エルト君？　出発前にも言ったけどさ？」

「お、おう」

詰め寄ってくるアリスに気圧されて座りながら横にずれる。だが、アリスは逃がすまいとさらに距離を詰めてきて、至近距離で見つめ合うことになった。

「エルト君はちょっと他人を信用しすぎだよ?」

アリスの真剣な顔が視界一杯に広がる。

「もしエルト君のユニークスキルが漏れたら対策する人だっているんだからね?」

邪神を討伐したとはいえ、俺は別に無敵なわけではない。アリスもそのことを承知で言ってきているのだろう。

「そんなんじゃいざっていうとき、大切な人を守れないよ?」

そう言ってアリシアを見る。

微妙な空気がその場に流れた。

「あー、ちょっと落ち着いて離れてもらえるか?」

「えっ? あっ……ごめん」

距離が近いことに気が付いたのか、アリスは慌てると距離を取った。

「確かに俺の力は完璧じゃない。イビルビームの回数にも上限があるし、弱点だってないわけじゃない」

一度にストックできるのは三種類のスキルまでと実験結果が出ている。もしそれ以上のスキルを同時に使ってこられたら防げない。俺は弱点について三人に話して聞かせる。

「前にも言ったが、何も考えずに話しているわけじゃないぞ」

この三人なら信頼できると思って話したのだ。

俺の返事にセレナは「当然よ」と答え、アリシアは「私も信頼している」とほほ笑んだ。

アリスは最後まで不満そうにしていたが、やがて根負けしたのか溜息を吐くと「私も誰にも言わない」と約束してくれた。

「こう持てばいいのか？」

俺は前を見ることに集中しながら手綱を強く握りしめた。

「それだと力が入りすぎてる。もうちょっと緩く持った方が良いわ」

隣に座るセレナは身を乗り出すと俺の身体へと触れてくる。無駄に力が入っている箇所に手を置いて教えてくれるのだが、そのたびにセレナの身体の色々な部分が密着してきて半ばそっちに意識を持っていかれそうになる。

「こ、このくらいか？」

「うん、良い感じよ」

悟られないようにどうにか力を抜くことに成功した俺に、セレナは満足そうに頷いた。

「あとは馬が進むのに任せて、指示を出すときだけ手綱を使うといいわよ」

そう言うと前を向き、街道を見つめる。

さきほどまでと違って一定のテンポで車輪が動く音がして、目の前の風景が流れていく。どうやら動きが安定しているようだ。

エリバン王国を出発してから一週間が経った。これまでは役割分担として俺がモンスターの対処でセレナが操縦だった。

だが、北方に近付くにつれ、モンスターにも遭わなくなり俺は暇を持て余していた。

そんなわけで、今後を考えるなら俺も馬車を操れた方が良いと考え、こうしてセレナに教わっているというわけだ。

「手綱《たずな》一本で意思の疎通を図るのは難しいものだな」

生贄になる前に俺がしていた仕事は畑を耕したり収穫していたりと、単純作業のみだった。

馬車に積み込んで運ぶのは農場主の仕事だったので、俺は操縦をしたことがなかった。

セレナが楽しそうに御者をしているので簡単そうに見えたが、自分でやってみると思い通りにならず、それも新鮮で面白い。

「うーん、でもこの仔たちはおとなしいよ？　実際の馬だとそのときの機嫌によって言うことを聞かなかったりするし」

明らかに上級者の発言に俺は首を傾げる。セレナは迷いの森で暮らしていたはず。

「どうしてセレナは馬車の操縦ができるんだ？」

過去に、迷いの森から出たことがないと言っていた。あの森には道というものが存在していないので、馬車が必要な状況はなかったのではないか？

「馬車は初めてだけど、生き物を手懐けるのには慣れてるから。馬にも何度か乗ったこともあるし」

　どうやらセレナには才能があるらしい。馬車自体を操るのはエセリアルキャリッジが初めてと言われ、俺はセレナをまじまじと見てしまう。

「大事なのは相手がどうして欲しいか理解することだもの。動物は素直だからわかりやすいわ」

　そう言って溜息を吐くと横目で俺を見る。

「本当に、もっと単純ならこんなにモヤモヤしないんだけどなぁ」

　何やら大変そうな様子を醸し出すが、俺はどう答えればよいのか？

　エルフは森の番人とも呼ばれていて、自然を愛する種族だ。

　常に自然の中で生活してきた彼女らにとって、生き物と意思の疎通を図るのは特別なことではないらしい。

「なるほど、素直なのはいいことだな」

　俺は納得すると目の前の魔法生物を見る。こちらの意図を理解して真っすぐ進んでくれている姿は愛嬌があるように見えなくもない。

「そうよ、だからエルトも素直になればいいと思うわ」

　セレナはさりげなく俺にもたれかかると、耳元で囁いた。

御者台にさきほどまでと違った空気が流れる。俺の半身に身体を預けたセレナは細い手を伸ばし、俺の胸元をくすぐる。顔を傾けてきて斜め下から顔を近づけてくる。蕩《とろ》けた表情が映り込み艶やかな唇が小刻みに「エルト」と紡ぐ。やがて、セレナの唇が俺の唇に触れようとした瞬間……。

「はい、そこまで！」

いつの間にか馬車の小窓を開け、後ろから覗き込んでいたアリシアがストップをかけた。

「まったく、油断も隙もないんだから」

「あ、あははは、エルト成分が不足していたからつい。ね？」

見られていたことが恥ずかしくなったのか、セレナは笑って誤魔化した。

「なんだその【エルト成分】っていうのは？」

「私たちエルフが生きていくのには森と太陽、それにエルトが必要なの。それらは不足してきたらその都度補給しないといけないのよ」

「そんな話、聞いたことないぞ⁉」

もし本当ならヨミさんやフィルなどエルフ村の連中はとっくに絶滅しているだろう。

「まあいいわよ、次は私がセレナに教えてもらう番でしょ？　エルトは馬車に戻って」

スルーするような話でもないと思うのだが、俺は釈然としないながらも馬車を停め御者台を降りる。中に入ろうとするとアリシアと正面から向き合うのだが……。

「エルト成分ね。それ私もないと生きられないから補充しておくよ」

「おっ、おい？」

そう言って正面から抱き着いてきた。

「あっ、アリシアだってくっついてるじゃないっ！」

背中からセレナが咎《とが》める声が聞こえてきた。

「このぐらいなら昔からしてるから許容範囲内だよ」

俺を挟んで言い合いをする。そんな二人の楽しそうな会話を聞きながら、安心するとともに、この先の二人からのアピールを想像して、脈が速くなるのであった。

三章

『それで、結果の方はどうなったのだ？』

　邪神が討伐されたという情報が入ってから数週間が経過した。

　その間、デーモンロードは十三魔将を動かし、各国の情報を入手させた。

「はっ、各国に入り込んでいる間者《かんじゃ》に確認させたところ、どうやら邪神は本当に討伐されたようです」

『まさか本当にあの邪神が討伐されたとは……』

　複雑な心境がデーモンロードを襲う。

　邪神との因縁は過去数千年前に遡る。今までも何度か小競り合いをしてきて、滅ぼす機会を窺っていた。

　デーモンロードの悲願を達成するには邪神が持つ、あるアイテムが必要だったということもあるし、世界を征服したいデーモンロードにしてみると、邪神は目障りでしかなかったからだ。

「邪神を討伐した者の名はエルト。イルクーツ王国で農夫をしていたところを生贄に捧げられたようです」

『の、農夫だと？』

デーモンロードが声を荒らげた。

歴戦の戦士の名が当然上がるかと思ったが、まさかの報告だ。

「ミスティを崇める神殿も審議を行い、公式にエルトとやらに【聖人】の称号を与えております」

『聖人か……それほどの』

数千年前、突如異世界から黒髪の若者たちが現れた。彼らは特殊な力を持っていて乱れた世界を整えて去って行った。

その頃、デーモンロードはそのうちの一人と戦った。それが聖人の称号をもらった男だ。そのときは引き分けたが、あそこまで苦戦させられたのは後にも先にも一度だけ。邪神を倒しているというからには最低でもあの男と互角以上なはず。警戒しないわけにはいかなかった。

「エルトとやらは現在、グロリザル王国へ進行しています」

部下の報告にデーモンロードは逡巡する。

『かの国は現在ヤツが作戦行動中ではなかったか？』

デーモンロードの暗躍は各国にわたって行われている。特にグロリザル王国は現在重要な計画を進めている。

「ええ、例の塔から古代の遺物《アーティファクト》を回収するため入念な計画を実行しています」

『能力がわからぬとなると危険だ。まずそのエルトとやらの力を探れ』

「かしこまりました、ではロードの名の下でやつには指示を出しておきます」

そう言うと通信が切れた。

『考えようによっては都合が良い。邪神から奪うのは骨が折れる、だがエルトとやらが持っているとしたら……』

自分の手に持つ指輪を握りしめる。

『そのときは戦力を投入して奪取して見せる』

負けるわけにはいかない。デーモンロードは拳を握りしめた。

★

「それでは、本日はこちらに御泊まりください」

鎧を身に着けた兵士がうやうやしく頭を下げる。

胸元に意匠が、真ん中に赤い羽根があしらわれた兜に赤いマントを身に着けている。背後には数人の兵士が立っており、目の前の男がこの場で一番偉い人物だと推測する。

俺たちが案内されたのは国賓館と呼ばれる館だ。手入れが行き届いていて建物も豪華。庭も広く植物が綺麗に剪定《せんてい》されている。

庭師はよほどの腕なのだろう。季節の花が綺麗に咲いているのに目を奪われた。

「まだ準備が整っておりませんので、明後日の日中に改めてお迎えにあがります」

「ええ、早く着きすぎたのはこちらです。待たせてもらうわ」

アリスが返事をすると、兵士は頭を下げた。

元々、アリスの任務があったからグロリザルを訪れたのだが、旅が順調だったお蔭で早く着きすぎてしまった。

門の前でアリスが身分を明かしたところ、あれよあれよという間にこの館へと案内された。

「凄い建物ね」

セレナが感心した様子で呟いた。

「国賓館らしいよ。国が招待した中でも重要人物しか泊まれない場所だとか」

アリシアも会話に加わってきた。

アリスは向こうで兵士を相手に話をしている。この場の責任者として今後の予定などを決めているのだろう。

勝手に館に入るわけにもいかず、セレナとアリシアの会話に耳を傾けながら待っていると、打ち合わせが終わったのかアリスが戻ってくる。

ついてきた兵士の何人かがチラチラと俺に視線を向けてきた。

城門からここに来るまで、アリスは俺とセレナの身分については触れていない。兵士たちは市民の安全を守るのが仕事だ、素性が知れない相手が気になるのだろう。

「こちらの二人は護衛の冒険者です。今回の話は急を要しましたので、エリバン王国で雇いました」

兵士たちからの無言の圧力を感じたのか、アリスがこの場を取り仕切っている兵士に説明をした。

「……なるほど、部下の非礼をお詫びいたします」

部下たちもこちらを見すぎたと気付いたのか、頭を下げている。

「いえ、構いません。彼らもこのまま滞在させますが、よろしいですね？」

普段のアリスからは想像もつかない凛とした佇まいだ。これが王族として身に付けた振る舞いなのだろう。

「それではしばらくの間、旅の疲れをお取りください」

兵士たちは敬礼すると敷地から出て行った。

館に入り、用意された部屋へと通されるとアリスは人払いをした。

「ひとまず、グロリザル王国に着いたわね」

アリスはソファーへと深く腰を下ろすと、両手を前で組み、ほっと息を吐いた。

「どうしたの、エルト君。セレナも座ったら？」

「一応、俺たちはアリスの護衛ということになっているんだが……」

万が一この館のメイドが入って来たとき、妙な目で見られないだろうか？

「いいじゃない。アリスが勧めているんだから」

セレナはそう言うとアリスの前のソファーに座る。元々森で暮らしていたので、王族の権威に疎いようで、アリス相手に物怖じしていない。

クズミゴデーモンで共闘したからなのか、二人の関係は驚くほど気安いようだ。

「今お茶を淹れますね」

アリシアはソファーに腰掛けることなく全員分の紅茶を準備し始めた。

テキパキと働く姿は淀みなく、旅の間、俺が気付かない細かい部分を埋めてくれたので非常に助かった。

「本当はもっとギリギリに到着する予定だったけど、エルト君の力を見誤っていたわ」

アリスはテーブルに肘をつき、両手を組むとそう言った。

「俺、何かしたっけ?」

アリスの正面に座った俺は、彼女の目を見た。

「エセリアルキャリッジって結構魔力を食うのよ。普通なら途中で魔力を補給する魔道士を雇ったりして補給時間がかかるの。それなのにエルト君は常に指輪をして魔力を補給してるじゃない?」

俺にはパーフェクトヒールがあったので、魔力が減るたびに使って回復できる。

魔力は使えば使うほど流れがスムーズになる。マリーから訓練を課せられた俺は、時間が許す限り魔力を使い続けていた。

「魔法生物の利点は魔力があればいくらでも進めること。普通の行商と違って馬を休ませなくて良いのは大きいわね」

確かにそれがエセリアルキャリッジの利点だろう。

「ほかにもありますよ」

アリシアが皆の前にカップを置く。そして俺の横に座ろうとしたので俺は身体をずらした。

「道中出てくるモンスターはエルトがすぐに処理してくれましたから、余計な時間をとられなかったのも大きいです」

「後半はほとんどモンスターが出なかったけどな」

グロリザルの国境を越えてからモンスターの出現が激減した。俺はそこに違和感を覚えたのだが……。

「まあ、別に早く着いて良かったじゃない。その分ゆっくりできるんだから」

セレナは気楽なものだ。護衛の仕事を果たしたので、新しい環境にワクワクしている。

「それにしてもアリス様。どうしてエルトのことを内緒にするんですか？」

アリシアはさきほどアリスが兵士にした説明を思い出した。

「一番はエルト君をあまり国の政治に巻き込みたくないからね。私やアリシアという個人がエルト君と親交があるのは間違いないけど、それを見た外国がどう思うかは別だから」

国家間ともなると色々あるらしい。

アリスは紅茶で口を湿らせると苦い顔をした。

「エルト君という存在は、長く続いていたこの世界のあり方に波紋を起こすわ。きっと将来は注目されて穏やかに暮らすことは難しくなる。だけど、今はまだ普通の生活をして欲しいと思っているのよ。やっと手に入れた日常なんだから」

アリスは時折こうした優しい瞳を俺に向けてくる。それはまるで自分がその立場になれないからこそ、権力争いに巻き込まれた人間を知っているような態度だった。

「アリス様。そこまでエルトのことを……」

アリシアが尊敬の眼差しをアリスへと向けた。

「今回の件なら護衛として連れてきているから紹介する必要はないから。私たちが国務で登城している間はゆっくりしてもらっても構わないわ」

「えっ？　私は一緒に行くんですか？」

アリシアは目を丸くする。

「もちろんよ。あなたはイルクーツを出るときに私の管轄に入っているのだから。国務のサポートをしてもらわないと」

「わ、私そんな重大な話できませんけど」

寝耳に水なのか、アリシアは慌てる。

「大丈夫、難しい判断はこっちでするし、補佐に関してはあてがあるから。ちょっとした雑務をお願いすることになるわ」

イルクーツから遠く離れたこの国でそんなあてがあるとは、アリスの人脈もなかなかに広いようだ。

俺はアリシアが淹《い》れた紅茶を飲む。国賓ということもあってか良い茶葉を用意してくれているようで、とても豊かな味わいだ。

「それで、エルト君たちはどうするの？」

俺が紅茶を楽しんでいるとアリスが今後の予定を聞いてきた。

「そうだな、旅の間と同じく魔力を制御する訓練でもしてようかな」

魔力を扱えるようになった影響か、最近あるスキルがステータスに出現したのだ。この力を使いこなせるように色々試すつもりだ。

「ええっ！　せっかく違う国にきたんだよ。エルト！　観光に行こうよ！」

セレナは俺の腕を両手で掴むと目を輝かせた。

「別に構わないけど……」

訓練はいつでもできる。俺はセレナの提案に頷いた。

「いいなぁ、セレナ」

アリシアは恨めしそうに俺たちを見てきた。自分が働いている最中に遊びに行くと聞かされて不満なのだろう。

「この仕事が片付いたら、あなたにも休暇を与えるわ。そしたらエルト君とデートすればいいじゃない」

苦笑いをすると、アリスは優しい目でアリシアを見た。

「本当ですか！　アリス様！」

アリシアが嬉しそうな声を出した。セレナの耳がピクリと動くのが視界の端に映る。

「おい、アリス。勝手なことを言うなよ」

当人の許可なく予定を決められたことについて抗議をする。

「あら？　セレナとはデートするのにアリシアとはしないつもり？　可哀想じゃない」

「べ、別にデートというわけじゃない」

アリスの悪戯な言葉に俺は一瞬言葉に詰まった。改めて口にされるとどうしたって意識してしまう。

「そうね、アリシアともデートするべきね」

アリスの指摘にセレナが同意する。今回のこれをデートと決めたようだ。

「よーし、頑張って仕事終わらせよっと。どこに行くか楽しみだよ！」

アリシアが一層気合の入った声を出し、休みの日のプランを頭の中で練り始めた。こうなったアリシアは強情なので、俺が何かを言っても無駄だろう。

「言っておくけど、私の方がエルトを楽しませてあげられるんだからね」

「セレナには負けないもん！」

なぜか火花を散らす二人。

「エルト君、大変だねぇ」

面白そうにからかってくるアリスを見た俺は、

「誰かさんのせいでな……」

恨めしそうな声をアリスに投げ掛けた。

★

「そうですか、到着しましたか」

報告を終えると伝令の兵は下がっていく。私はペンを置くと椅子から立ち上がった。

「予定より全然早い。どんな強行軍だったのかな？」

エリバンからグロリザルまでは順調に旅路を続けても、あと数日は掛かるはずだった。噂の聖人を護衛に雇ったと聞いているので、そのお蔭だろうか？

「どうしよう、まだ準備ができてないのに」

私は机にある作りかけの資料に視線を落とした。今回の会議で使う資料なのだが、いかなる事態にも対応できるように対策は万全にする必要がある。

「そうしないと、認めてもらえない」

私は唇を噛みしめると焦りが浮かんだ。

「会う前に、少し買い物をしないといけませんね」

私は到着した人物の顔を思い浮かべると、ローブを羽織り部屋を出た。

★

「うーーーん、面白かったぁ！」

セレナは腕を伸ばすと大きく仰け反った。その表情はすっきりとした笑みを浮かべており、よほど満足したことが窺える。

俺たちは現在、グロリザル王国でも有名な劇場へときていた。

アリスとアリシアは館に滞在し、数日後に登城するための準備を行っている最中だ。

直接グロリザル国王と謁見するらしく、ドレスの準備や謁見形式の確認、他にも色々とやらなければならないことがあるらしい。

一方、護衛の仕事を終えた俺たちは暇を持て余していた。一応、護衛任務継続中なのでギルドで別の仕事を受けるわけにもいかない。

結果としてセレナと一緒に観光をすることになったのだが、劇場の前を通りかかるとセレナが興味を持ち始めたので、まずは劇を観ることにした。

「それにしても、伝説の天空城を目指す勇者と魔道士。私ファンになっちゃった」

物販店で買った本を抱き締めるとセレナはうっとりと劇を思い出している。

今日俺たちが見たのは、俺が子供の頃に何度も本で読んだことがある勇者の物語だ。邪悪な竜を退治し、世界を駆けまわり、いつしか天空城までたどり着く。

「いつか私とエルトもあんな風にいろんな場所を冒険したいわね」

「ああ、そうだな」

今後のことについてはまだ悩んでいたが、劇を見た後だとそれも悪くないなと思った。

「ん?」

セレナの耳がピクリと動いた。

「どうした?」

「何かあっちで争っているような声が聞こえるの」

俺がセレナに聞くと、彼女は人だかりの方を指差すのだった。

「おいおい。嬢ちゃんとんでもねえことをしてくれたな」

「そ、そちらがぶつかってきたのではないですか!」

人だかりの隙間を抜けると、そこでは地面にへたり込んでいる少女と、それを見下ろす数人の男が立っていた。

両者の間には何かの破片と花束が落ち、地面が濡れている。

「お前さんが今割ったのは伝説の名酒と呼ばれるリヴァイアサンなんだぜ？」

「……リ、リヴァイアサン？」

周囲のざわめきが大きくなり、少女の顔が青くなる。

「王侯貴族でも滅多に手に入らない酒だ。それを割っておいて、まさかただで済むと思っていないよなぁ？」

「そ、そんなの……」

明らかに怯えて声が出なくなった少女。凄んでいた男は振り返るとボスに指示を仰いだ。

「どうしますかい？　サギーの旦那」

「ここでは通行人の邪魔になる。うちの店で話をするから連行しろ」

サギーと呼ばれた男は、少女の全身を嘗め回すように見ると、不気味な笑みを浮かべた。

「ひっ、い、いやですっ！　いきません！　ロ……私に触らないでっ！」

男の一人が花束を踏み潰し、少女へと迫る。

少女は怯え、後ずさると持っていた杖を掲げサギーへと向けた。

「お前まさか魔法を使うつもりか？　ワインを割った上に手まで出すとは、自分の非を認めた証拠だ」

サギーは周囲に向け、大声を上げた。

「ち、違いますっ！　私は悪くありません！　こ、この人がぶつかってきてワインを落としたんですっ！」

目に涙を溜め、無実を訴える。だが、周りの人間たちは誰一人として動かない。誰もが知る高級酒だけに迂闊に擁護ができないようだ。

「まあまあ、その辺の事情も含めて話をしようじゃないか。なぁ？」

猫撫で声を出したサギーが近づき、少女の目が恐怖で強張る。俺は見るに見かねて声を掛けることにした。

「あー、ちょっといいだろうか？」

「なんだぁ。てめぇ？」

男は不機嫌な声を出して振り向く。

「割ってしまったものは仕方ないだろ？　なんとか穏便に収めることはできないか？」

「穏便にだぁ？　こっちは伝説のリヴァイアサンを失ってるんだぞ？　ゲスイ公爵が所望されて取引する予定だった代物だ。このままだとサギー商会のメンツは丸つぶれになる。それともあんたがリヴァイアサンを用意してくれるってのかぁ？」

ニヤニヤと笑っている。用意できるわけがないと思っているのだろう。

「そもそもまずそのワイン、リヴァイアサンではないよな？」

俺は特に気圧されることなく事実を指摘してみせる。

「なんだと⁉」

サギーの目付きが変わる。俺は割れている破片を一つ拾い上げるとよく見てみた。

「世界で五指に入る名酒は特殊な瓶で保存されている」

長く保存すればするほど味が熟成する。そのために幻獣シリーズワインは特殊な作り方をした容器に入れられているのだ。

「そんなことは知っている。砕け散ったこの瓶こそがそれだ！」

通常、ワインは樽で作るのが主流だ。瓶に入っている酒など幻獣シリーズを除いても、それほど存在しない。その認識があるからか、周囲の人間もサギーの言葉を信じ、お互いに顔を見合わせていた。

「やはり偽物だ」

だが、俺はサギーの言葉を真っ向から否定すると拾った破片を地面へと捨てた。

「なっ！　て、適当なことを言うなっ！」

サギーは口をパクパクさせたかと思うと、顔を真っ赤にして怒鳴った。

「幻獣シリーズは古代文明に栄えたブルゴーニという国が作っていた。その保存方法は確かに瓶だ。だが、この瓶の欠片はぶ厚すぎる。本物はもっと薄い」

多分、違う酒が入っていた瓶だけ入手してそこに適当なワインを詰めたのだろう。

機会があって、エリバンで宰相さんからこのワインの話を散々聞かされている。俺が堂々とその話をして見せるとサギーは目に見えて狼狽え始めた。

「そ、そんなこと実際に飲んだ人間でもない限り確かめようがないではないか！　言い逃れをしおって！」

「なんだったら神殿に行ってもいい。真実のオーブによる審議を受ければどちらが正しいかはっきりするだろう？」

「馬鹿めっ！　審議にかかる寄付金がいくらすると思っている！」

世間には真実を明かしたい人間が大勢いる。それをいちいち聞き入れていたらきりがないため、神殿では個人の審議の際には寄付金が必要だった。

「それは俺が出すさ」

「な、なんだとっ！」

間髪入れず切り出すとサギーは面を食らった顔をした。

「自分の発言には責任を持つ。だからその費用も当然出すつもりだ」

裏付けとして、俺は金が入った袋を目の前で鳴らして見せる。

「だが、もしそのワインがまがい物だった場合、お前は詐欺を働いたということになり罰を受けることになる」

俺の言葉でサギーは顔が真っ青になった。

「ば、馬鹿げている。ワイン一本のために審議を行うなんて。き、記録が残るんだぞ」

ほんの一カ月前にその真偽を判定したので神殿には幻獣シリーズワインの記録が既に残っている。

「どうする？」

俺はサギーを睨みつけると確認をした。

「くそっ！　お前ら行くぞっ！」

サギーは俺から目を逸らすと部下どもに命じた。肩を怒らせながら野次馬の囲いに向かっていく。

「邪魔だ！　見世物ではない！」

野次馬が避けるとサギー一味はそこから出る。最後に俺を睨みつけると一目散に離れて行った。

「えっと、大丈夫か？」

騒ぎが終わり、野次馬たちが解散していくと、俺は少女へと近づく。

「あ、ありがとうございます」

「立てるか？」

俺が手を差し出すと、遠慮ぎみに掴んできた。俺は彼女を引っ張り立たせた。

背の高さはアリシアと同じか少し低いくらい。腰まで伸びた桃色の髪にやや幼く見えるが目を見張るほどの美しい顔立ち。凛とした真っすぐな瞳をしており、一見すると意志が強そうに見えるが瞳が揺れていて儚げな印象を俺に与える。肩を露出させたローブは上質の布が使われていて、魔石を複数つけた高価な杖を持っていることから魔道士だとわかる。

「あの……なにか？」

じっと見ていたせいで若干怯えてしまったようだ。

「どこかで会ったことがあるか？」

「い、いえ。お会いしたことはないと思いますけど……」

まるでナンパのような聞き方に、少女の警戒心が高まるのを感じる。

そもそも、これほど美しい少女に会って覚えていないということはないだろう。胸に引っ掛かりを覚えるが、気のせいだと判断する。

「すまなかった。俺の勘違いだ。気を悪くしないでくれ」

不躾に見てしまったことも含めて頭を下げる。すると少女は口元を緩め、警戒心を和らげた。

「いえ、助けていただいたのは私ですから」

大分落ち着いたのか、彼女は丁寧な言葉で応えた。

「あと、私と知り合いというのはないと思います。こちらの国には留学できていて知り合いもいませんので」

彼女は胸に手を当てると、俺の勘違いを裏付けてくれた。

「その年で親元を離れて留学か。大変だろう？」

見たところ自分より一つか二つは年下だろう。未成年が親元を離れて生活するというのはどれほど心細いか想像してしまった。

「……いえ、親とかは別に」

どうやらあまり触れられたくないことだったのか、表情が曇る。

彼女は顔を上げると、話題を変えるためなのか質問してきた。

「それよりさきほどの件ですが、瓶の厚みで偽物と言っていましたね。もしかすると幻獣シリーズごとに厚さが違う可能性もあったのではないですか？　その場合、あなたが恥をかいていたのでは……」

実際のところ、幻獣シリーズワインの偽物が出回っている。瓶の厚さというのは正しい幻獣シリーズワインの知識の一つでしかなく、それほど知れ渡っていないのだ。

本物を体験したことがない人間には区別がつかないので、よほどの確証がなければ偽物と断言することは難しい。

「それについてはラベルだな。幻獣シリーズワインのラベルには魔法陣が刻まれている。保存を良くして熟成させるための物なんだとか。これにはその魔法陣が刻み込まれていない」

先日、取引をした際に鑑定方法について質問した。そのときの知識を俺は披露した。

彼女は大きく目をひらくと、

「あなたは一体何者なのですか？」

どうやら話し過ぎてしまったらしい、興味を持ったのか彼女が俺をじっと見る。

俺は少女の質問に答えることなく地面に目をやった。

「そういえば、そこの花は君の物か？」

そこには、ワインがかかり踏まれて潰れてしまった花が落ちていた。

「はい、ピンクガーベラを買いに来たのですが、あの人たちに絡まれてしまって……」

俯くととても悲しそうな声を出す。花は踏まれたせいで、すっかり弱ってしまっているようだ。

瞳を潤ませて悲しそうに花束を見ている少女。俺は少し考え込むと、

「ちょっと待ってろよ」

「えっ？」

俺はしゃがみ込み、ピンクガーベラの花束を拾い上げる。そして微精霊に命じ、水でワインを洗い流す。

「魔法ではない……もしかして精霊？」

ぼそりと呟くと目がばっちりと合った。

「正解。あとはこの花だが……」

俺は右手でピンクガーベラに触れるとあるスキルを使った。

「嘘……。そんな！」

するると花が白く輝き、みるみる元気になっていった。

「こ、これは一体。どのような魔法を使ったのですか？」

「これも魔法じゃないんだが……まあ、秘密ってことで」

俺が使ったのは農業スキルの一つ【成長促進】だ。

ここ最近、毎日魔力制御の訓練をしていたところ、数日前からステータスに表示されるようになった。

このスキルには魔力が必要で、植物や種に魔力を与えることで成長を促進させることができる。

ピンクガーベラは踏まれていたが、まだ折れてはいなかった。俺の魔力を分け与えることで生命力を取り戻し復活したのだ。

「ほら、大事なものなんだろ？」

俺は花束を少女に押し付ける。

「ありがとうございます」

少女は礼儀正しく御辞儀をし、頭を戻すと俺の顔を見上げた。

「そういえば名乗っておりませんでしたね。私は……ローラと申します」

ローラはしばし逡巡したのち、名前を名乗った。

「俺は、エルトだ」

名乗り返すとローラはひどく驚いてみせた。

「……やはり。偶然というのは凄いですね」

ローラはそう言うと俺に花束を差し出してきた。

「ん？　どうした？」

彼女の唐突な行動に俺は首を傾げる。

「こちらは差し上げます」

「いや受け取れないだろ。誰かに贈るつもりだったんじゃないのか？」

「大丈夫です。エルト様にお渡しすれば問題ないはずですから」

何やら確信めいた物言いだ。さきほどまでと違い、スッキリした顔をしているので無理に渡している感じはない。

俺が花束を受け取ると、

「それではこれで失礼致します。またお会いしましょう」

ローラは踵を返すと颯爽と立ち去っていく。

「またお会いしましょう？」

彼女から掛けられた言葉に首を傾げる。

後にはピンクガーベラの香りが漂うのだった。

「ふわぁ、おはよう」

翌日、俺は少し遅い時間に起床をすると、着替えを済ませて部屋を出た。今日はラフな服装にしようかと考えたのだが、国賓館なのを思い出して良い衣装に身を包む。

「おはよう、エルト。随分ゆっくりね」

食堂に入るとセレナが挨拶をしてくる。

「柔らかいベッドだったからな。寝心地がよくて」

沈み込むような柔らかいベッドに滑らかなシーツ。部屋の気温も魔導具で調整されていて快適だった。実は昨晩もマリーから念話越しに特訓を受けていたので、寝付いた時間が遅かった。新しく得たスキルに対しても色々話をしていたからだ。

俺がセレナの正面に座ると、侍女が食事を運んでくる。

ふとテーブルを見るとそこには数人分の皿が置かれている。どうやら既に食事を終えているらしい。

「それ、良い香りがするわね」

セレナが指差したのは先日ローラからもらったピンクガーベラ。侍女が食卓に飾ったのだろう、花瓶に挿されて綺麗に咲いていた。

「アリシアとアリスは？」

姿を見かけないので俺はセレナに聞いてみた。

一人ずつ部屋が用意されているので、まだ寝ている可能性もある。

「私たちならとっくに朝食を済ませてるわよ。お寝坊さん」

振り返るとアリスが立っていた。

「……へぇ」

思わず声が漏れる。

「なによ？」

それというのも、彼女はとても綺麗なドレスを身に纏っていたからだ。

「アリス様、先に行かないでくださいよ」

息を切らして胸元に手をやるアリシア。彼女が身に着けているのはエリバンでもたびたび着ているところを見かけたドレスだ。

「遅いわよ、アリシア」

アリスはそう言うと花瓶を見た。近寄り、花を一本取ると匂いを楽しんでいる。

一際優しい瞳を浮かべているので、何か想い出でもあるのだろうか？

「ところで、どうしてドレスを着ているんだ？」

思いもよらぬ格好にすっかり目が覚めてしまった。

「もうすぐ迎えが来るからね。アリシアと私は登城するから早めに起きて準備していたのよ」

アリスはうっすらと化粧をしていて口紅が塗られ唇が艶めかしく輝いている。髪色に合わせた赤いドレスに対照的なサファイアを嵌め込んだペンダントが胸元を飾る。

「素敵なドレスね」

セレナが溜息を吐くとアリスに魅入る。館の従業員も作業を止めてアリスを見ていた。

「ねぇ、エルト君。こういうとき紳士なら褒めるものなんだけど？」

いつの間にかアリスが近づき、屈んでいる。座っている俺と目の高さを合わせると彼女は無言で見つめてきた。

「自分から『褒めろ』って普通言うか？」

初対面では剣で斬り合い、その後王女とわかるまで普通に接したお蔭か、アリスはよく俺に友好的な態度をとる。隙があればからかってくるし、俺が何かやらかしそうになると説教をしてくる。

ありがたくもあるのだが、お互いに気の置けない関係を築いている以上、面と向かって褒めるのは気まずい。

「アリス様。エルトにそんな気を利かせるのは無理ですよ。私だって生贄の前夜にドレス姿を見せたけど何も言ってくれなかったし」

「いや……だって、あれは……」

あのときはアリシアを失ってしまうことで気が気ではなかったのだから仕方ない。

俺がアリスとアリシアから無言のプレッシャーを受けていると、救いの手が差し伸べられた。

「失礼、こちらにアリス様はいらっしゃいますか？」

入り口から先日の兵士たちが入ってきた。

「残念、時間切れね。どうやら迎えが来てしまったみたいだわ」

腰を上げ兵士に向き直るアリス。近づいてくる兵士を俺とセレナも椅子から立ちあがって迎える。

食事を摂るのは彼女たちを見送ってからにしよう。そんなことを考えていると……。

「お待たせしました、アリス様、アリシア様……そして、エルト様を城へと案内いたします」

「「「はっ？」」」

俺たちの乾いた声が食堂に響いた。


「イルクーツ王国第一王女アリスよ。遠いところ良く参った」

前に立つアリスにグロリザルの国王が話しかけた。

「はっ、ゲイル様の御高配を賜り、恐悦至極に存じます」

形式的なやり取りが終わる。周囲にいるのは国王と王妃、他には近衛騎士が数人。

国王と謁見するにしては随分と護衛が少ない。エリバン王国での儀式の際はもっと人が集まっていたので、肩透かしをくらった気分だ。

「して、そちらの……」

グロリザル国王の視線が俺の方へと向く。

こういう場での礼儀について全然知らない。俺は戸惑いながらどうするべきか考えていると
アリスが口を挟んだ。

「こちらは邪神討伐を成し遂げ、神殿より【聖人】の称号を与えられたエルトです」

アリスが掌を俺へと向けた。

「そなたがエルトか。このたびは邪神討伐御苦労であった。やつの脅威に怯えること数千年。

これまで世界中の人々がいつ自分の番が回ってくるのか恐怖し、安心した生活を送れなかった。

貴君の功績は数千年後まで語り継がれるであろう」

「あ、ありがとうございます」

改めて褒められると何ともむずがゆい気分にさせられる。俺はその場で一礼した。

「ときにゲイル様、一体どこからエルトがこの国に滞在していることを突き止めたのでしょう
か?」

入国の際、王族の護衛ということで身分が保障されていたため名前を出していない。それに
もかかわらず俺を名指しで招待できた理由を、アリスはしきりに気にしていた。

「そこは一応秘密にさせておいてもらおうかの」

回答を避けたゲイル様はふと表情を和らげるとアリスを見る。

「そう悔しそうな顔をするでない、アリスよ」

頬を膨らませ、子供じみた様子を見せるアリス。

「ですがゲイル様。エルト君の人相描きはまだ出回っていないはずです。もしなんらかの特定できる情報があるなら今後の参考にしたいんですよ」

随分と気安い様子の二人に俺は面を食らう。

「ほっほっほ、アリスよ。素が出ているぞ」

「いいんです、彼には初対面のときに色々と見せちゃってますから」

二人の視線が俺へと向く。

「うちとグロリザル王国は友好国なんだけど、祖先を辿っていくと同じ血筋になるのよ。昔から互いの国を訪れたりしてたので、幼い頃から良くしてもらっているわけ」

さきほどまでと違い、緩い空気が流れている。交流のある王族同士というよりは親戚に会いに来たような雰囲気だ。少人数での謁見はこれを見越してのものだったようだ。

「それにしても、邪神を滅ぼしたというからどのような屈強な男が現れるかと思ったが好青年ではないか」

ゲイル様は俺の顔を見るとそう言った。

「グロリザルには姫君がいなくて残念ですね」

アリスが皮肉めいた言葉を口にした。会話が繋がっていないように感じる。俺は首を傾げるのだが、ゲイル様には通じているらしい。

「別に、国として取り込むつもりはないからな。今はこうして話をして人柄を知ることができただけで満足しておるよ」

俺を間において二人が笑顔で牽制をしあっている。たとえ軽口であったとしても国家間のやり取りは油断ならないようだ。

「今宵は貴君らを歓迎したパーティーを開催する予定だ。楽しんで行ってくれ」

しばらくの間歓談した後、俺たちは解放されるのだった。

★

「ふぅ……もうこんな時間ですか」

私は紙の束を整えると顔を上げた。

「期日までもう時間がありません。今集めた資料を基にもっと色々な案を考えないと……」

あの人に失望されたくない。私は気合を入れ直します。

「それにしても、あの人どうなったかな？」

先日、街に花を買いに出掛けたところ、妙な人たちに絡まれてしまいました。

周囲の人たちは誰も助けてくれず、泣きそうになっていると男の人が助けてくれました。

不思議な雰囲気を持ち、不思議な力を使う優しい瞳を持つ男性。

悪徳商人を言葉で黙らせ私を救ってくれた。まるであの人の背中を見ているときのように安心してしまいました。

「お花、届いたでしょうか？」

心臓がきゅっと締め付けられました。彼女はあの花を見て何を思うのか……。

すぐ近くまで彼女が来ている。そう考えると緊張し、心臓が脈打つのでした。

★

「それじゃあエルト君。私たちは夜のパーティーまでやらなければならないことがあるから」

アリスはそう言うと視界を遮るように目の前でドアを閉めて籠ってしまった。

アリシアとセレナも部屋の中にいるせいで、俺は勝手知らぬグロリザル王国の城内に一人放り出されてしまった。

「仕方ない、時間を潰すか」

三人はこれから夜のパーティーに向けて、ドレスを選んだりお風呂に入ったり、化粧をしたりするらしく、流石に俺もそんな中、一緒の部屋にいるわけにはいかない。

幸いなことに国賓用の身分証を渡されているため、兵士が守っている場所でなければ出入りは自由と言われている。俺は適当に歩きまわることにした。

「それにしても、妙に暑いな？」

室内から出て、今は城壁へと上っている。

ここらでは一番高い建物だし、城下町を一望する景色はこういう機会がなければ見られないと思ったからだ。

「グロリザルは一年のほとんどが氷雪に閉ざされた寒い国だと聞いていたんだが？」

来る前にアリスから防寒着の用意をしておくように言われていた。俺としては寒さに耐える覚悟を決めていた。

ところが、現在の城壁では太陽が輝き、石が焼けて熱気が地面より漂っている。

じっとしているだけでも汗が流れ落ちるので、見張りの兵士も暑さに慣れていないのか、ばて気味のようだ。

「せっかく買った防寒着が無駄になったな」

エセリアルキャリッジに積んでいるので邪魔ではないが、使えないことに損をした気分になる。

グロリザルは国土の周囲を山脈に囲まれていて、北の方角は海が広がっている。北海の港街では新鮮な魚介類を取り扱った料理が評判らしく、訪れるなら一度食べてみたいと思っている。

俺は目を細めると城壁からの景色を楽しんだ。

どの国も象徴である城は高台に建てる。そのお蔭か城壁から見下ろすと、まるでそこが世界の中心であるかのように錯覚してしまいそうになる。

「すみません、ちょっといいですか？」

俺は警備をしている兵士さんへと近づいていく。

「はい。何かございましたか？」

ダレていた兵士さんだが、俺が近寄ると背筋を伸ばして表情を引き締めた。

「あそこに見える塔はなんですか？」

城を挟んで東西に塔が立っていた。周囲には何もなく、どのような意図で立てられているのか気になった。

「あちらは王家が所有する塔になります。東がポルックスの塔、西がカストルの塔と呼ばれています。古代文明が建造した塔で、わが国が建国される前よりあの地にそびえ立っていたと文献に記録があります。色々と危険な罠やモンスターが湧き出るため、王家の人間の許可がなければ立ち入りを禁止されています」

そのあと兵士さんはあの塔は古代文明の魔導装置だと付け加えた。

「へぇ、凄いですね」

古代文明の魔導装置というのは色々と有名だ。空を駆ける天空城を筆頭に長距離を一瞬で移動する転移装置。他にも各国が保有しているという魔導モニターを利用した通信装置など。

庶民では見ることも触ることもできない魔導装置も存在している。

「一度見てみたいな」

古代文明の魔導装置には夢がある。空を支配する天空城などの物語を読み聞かせてもらったときのワクワクは今も色あせずに残っている。

俺は物語を想い出すと、塔を観察し続けた。


「エルト、どうかな?」

セレナは淡い緑のドレスに身を包みながら上目遣いで俺を見ていた。

エステを受けたらしく肌はツルツルで、身体が火照っており頬も上気している。

「あとは胸元が寂しいのでワンポイントあると良いかと思うのですが、並みの装飾ではお嬢様の魅力が損なわれてしまうかと……」

着替えを手伝っていた侍女が、やや残念そうな視線をセレナの胸へと送る。

現在、俺はセレナに呼ばれてパーティーで着るドレスへの意見を聞かれていた。

国賓相手に貸し出せるドレスは多々あるらしいのだが、装飾類については万が一を考えると高価な物はあまり貸し出せないらしい。コーディネートをしている侍女もそれが悔しいらしく、眉をしかめるとどうにかできないか考えている。

「それなら、これなんてどうだろうか?」

俺はストックの中から首飾りを取り出した。

「えっ? これって、高純度の精霊石じゃない?」

【精霊王の涙】……精霊を使役するときに必要な魔力を九割低減できる。

「以前、伝手で入手した物なんだ。使わないでいるのも勿体ないし、セレナが身に着けたらどうだ？」

邪神を討伐した際の戦利品の一つだ。コレクションだったらしく、美しい宝石と一緒に飾られていた。

「これは……何とも美しい色合い。長く国仕えをして様々な宝石を目にしてきましたが、これほどの物は見たことがありません」

手の中で石が色を変化させる。何とも不思議な光景で、精霊石は虹色に輝いていた。

「そ、それは流石に悪いわよ」

遠慮して後ずさったセレナは、両手を前に突き出し慌てて手を振る。

「明らかに女性用だし、どうせ俺は使わないからな。勿体ないというのならしまっておく方が損失だろう」

「そうですよ、お嬢様。きっとお似合いになりますよ」

俺と侍女でセレナに畳みかける。やがて、セレナは根負けしたのか……。

「そ、そこまで言うなら。ねえ、エルト。それを私の首にかけてくれる？」

そう言うと目を瞑り、顔を上に向けた。

俺はセレナの言葉に応えると彼女へと近寄っていく。そして鎖を外し、セレナの背中へと腕を回すと首飾りを着けてやった。

「どう？　似合うかな？」

離れると胸元に垂れている石を手に取り、くしゃりと笑う。

「まさに奇跡の組み合わせ。エルフの神秘性を引き立たせる淡いドレスに、胸元で輝く首飾り。今夜の主役になること間違いありません！」

興奮気味にまくしたてる侍女にセレナは一歩引いて見せる。セレナは俺に目を向け評価を気にしている。

「ああ、良く似合っている」

「えへへ、そっか。嬉しいな」

嬉しそうに首飾りを見つめるセレナ。そんなセレナを俺は笑顔で見ているのだった。


「それじゃあ、行きましょうか」

アリスが右手を差し出す。俺は彼女の手を取るとドアの前へと立った。

中ではグロリザルの貴族やセレナとアリシアが先にパーティーを楽しんでいる。

こういったパーティーでは身分の高い人間ほど後に入場するらしく、俺はなぜかアリスのエスコート役ということで、こうして手を繋いでいた。

『イルクーツ王国第一王女、アリス様の入場です』

会場のざわめきが一瞬でなくなり、ドアが開く。

俺はアリスが進みだしたことに慌てると急いで隣に並び歩き出した。

会場に入ると全員の視線がアリスへと集中しているのがわかった。

天井は高く、水晶のシャンデリアがぶら下がりキラキラと輝いている。

皆が手に持つ杯はミスリル製だ。毒物に反応する金属で暗殺防止に王侯貴族が好んで使うとエリバン王国の宰相さんとの雑談で聞いた覚えがある。

周囲の人間は誰一人言葉を発することなくこちらに注目している。

「な、なあ。どうして皆はしゃべらないんだ？」

これが貴族パーティーの当たり前だとは思えない。俺は内心で冷や汗を掻きつつもアリスに耳打ちをする。

「皆、誰かさんの登場に驚いているのよ」

アリスは表情を変えることなく返事をすると、パーティー会場を見渡している。

俺もそれに倣って見ていると、チラホラと会話している人たちがいる。

『あー、会場の皆さまはこうお考えではないでしょうか？「イルクーツ王国の王女アリス様をエスコートしている男性は誰か？」と』

司会のその言葉で俺への圧が高まる。邪神を討伐してレベルが上がったせいか、他人から向けられる視線や意思を感じ取ることができるようになっていた。

感じるのは嫉妬が多数、羨望も多数。周囲に視線を向けるとアリシアとセレナと目が合った。壁の花になりながら、不機嫌そうにしている。

『アリス様、もしよろしければ隣の男性を御紹介いただけないでしょうか?』

司会の言葉でマイクを持った給仕が近寄ってくる。アリスはマイクを受け取ると片手をあげて周囲の注目を集めた。

皆の視線がアリスへと引き寄せられる。彼女はその場で全員を見渡すと透き通った声を出した。

「彼はイルクーツ王国のエルト。我が国が一度失いかけた掛けがえのない青年で……」

顔を向け俺と目を合わせる。公表してよいのかの最終確認に俺は首を縦に振ると、彼女は言葉を続けた。

「……邪神を返り討ちにした英雄です」

『なんと！　皆さまお聞きになりましたか！　かの英雄殿がパーティーに参加！　これは凄いサプライズですよ！』

真実のオーブによる審議から約一月。俺が邪神を討伐した情報について権力者の間に広まっていた。今の段階では憶測が流れているだけで俺がどういった人物なのか誰も知らない。

アリスから「必ずお披露目をしなければならないのなら、友好国のグロリザルほど適した場所はないわ。もちろん、エルト君の意思に任せるけど」と提案されていたのだ。

『おお、あれが英雄殿か』

『あの若さで邪神を討伐してみせただと？』

『イルクーツではこの話を元に劇が作られている最中だとか』

周囲の人間から声が聞こえてくる。好意的な内容がほとんどで俺はほっとする。

『ちなみに、エルト様。アリス王女と御一緒に入場されたのはもしかすると……』

好奇心が込められた視線が周囲から向けられる。俺がマイクを受け取り答えようとすると、アリスの手がマイクを遮った。

「彼と私の関係については今のところ御想像にお任せします」

「お、おいっ！」

アリスはそう言うと俺に身体を寄せてきた。こんなことをすれば、あらぬ噂がたつに決まっているだろう。実際……、

『我が国でアイドル的な存在のアリス王女が……』

『あの距離感。どう見ても恋仲に違いない』

『俺は第二王女様に乗り換えることにする』

貴族の男。特に若い者たちが血の涙を流しながら俺を睨んでいた。

「場の収拾が付かないんだが？」

俺はアリスが他国でも絶大な人気を誇っていることを知った。

付き合っているわけでもないのに恨みを買いたくはない。俺はアリスを咎める。

「この場はそういうことにしておいた方が賢明だからよ」

「どういう意味だ？」

「もし貴方に決まった相手がいないと、なるとこの会場の未婚女性全員が殺到するわ。パーティー慣れしていないエルト君に、あの人数を捌くのは無理だからね？」

確かに向けられている視線の中には女性も多く含まれている。アリスの言う通り、彼女がいなければすぐにでも向かってきそうだ。

厚化粧をした、随分と年上の女性もいて目をギラつかせているので背筋が冷たくなる。

「それは助かったよ。ありがとう」

深い考えに俺が納得すると、アリスはもう一つ理由を重ねた。

「まあ、私も普段パーティーに出るといろんな人に言い寄られるからね。エルト君がいてくれて助かったわ」

「礼を言って損をしたぞ」

おどけて見せるアリスに、俺は呆れた言葉を送るのだった。

「なるほど、それでは各国を見て回っている最中に立ち寄られたと？」

「ええ、彼の人生は邪神に捧げられたことで一度終わりました。奇跡が起きて無事生還したからには今後、世界を見て回りたいという彼の要望がありましたので……」

立食形式のパーティーなので、空いたテーブルの周りに立ち、会話をしている。

グロリザル貴族とのやり取りはアリスに任せている。俺はアリスの横に立つと杯を持ち、酒を飲みながらたまに振られる話に首を縦に振ったりするだけだ。

それにしても、咄嗟の作り話にしてはよくできている。今後どうするかについてまだ決めておらず、選択肢の一つとして世界を回りたいと思っていたが、言葉にしたことはなかった。

俺がアリスの作り話の内容に驚いていると、一人の貴族が話し掛けてきた。

「それにしてもエルト様、邪神を討伐したということは、さぞや凄い力をお持ちなのでしょうな。もし差支えがなければ、力の一端を見せていただけないでしょうか？」

それはどこか引っかかる嫌な笑い方だった。巧妙に隠しているつもりで隠しきれない、相手を値踏みするような……。

「ゲスイ公爵。それは英雄殿に失礼では？」

周囲がざわめき、空気が変わった。他の貴族も戸惑いを覚えたのか、顔を見合わせる。

「しかし、こうして英雄殿と身近でお話しできる機会は滅多にありません。家族への自慢話にもなりましょう」

だが、ゲスイ公爵は周囲に聞こえるように大げさに振る舞ってみせた。次第に周囲にもその言葉が伝わり、俺が何かしなければならない空気が生まれた。

「ちょ、ちょっと。彼はそんなことをするためにパーティーに参加したわけじゃ……」

アリスが庇うように前に出る。苦い顔をしながら周囲を説き伏せようとするのだが、ゲスイ公爵の言葉で俺が何かしなければいけない流れになってしまった。このままでは収拾がつかないだろう。

「いいよ、力を見せる」

「え、エルト君っ⁉」

俺はアリスの肩に手を置くとそう言った。

「それで、何を見せていただけるのですかな？」

ゲスイ公爵がニヤニヤとしながら聞いてくる。何かを企んでいる様子で、話を盛り上げていた数人の取り巻きが、後ろでひそひそと話していた。

俺は会場を見渡す。天井も高くそれなりに広い空間ではあるが、武器を振り回したりするには不向き。イビルビームを見せれば全員が黙るかもしれないが、建物を破壊してしまってはパーティーが冷めてしまうし、何より邪神討伐の切り札はそう易々と見せるべきではない。

俺に何ができるか悩んでいると、ふと先日のマリーとの会話が浮かんできた。

『御主人様ならアイテムに精霊を宿らせることもできるのです』

最近は毎日訓練もしているし、微精霊を集めるのにも慣れてきた。エリバンの訓練場でも普通の剣に精霊を宿らせることにも成功している。ふと遠くで見守っているセレナと目が合う。

彼女の胸元に輝く首飾りが目に映り、

「セレナ、ちょっと来てくれ」

「エルト、どうしたの？」

ドレスを翻してセレナが近づいてきた。

「悪いけど、精霊王の涙を少しの間貸してくれないか？」

「もちろん構わないけど……」

戸惑いながらも首から外して俺に預けてくる。

「そちらのエルフのお嬢さんは何ですか？　それにしても美しい。この後ご一緒しませんか？後ろのお嬢さんと一緒に」

ゲスイ公爵が好色の瞳でセレナと、後ろからついてきたアリシアを見た。

「私はエルト以外の誘いは受けないし」

「私も結構です」

衆目の中、セレナとアリシアに断られてしまったゲスイ公爵。周囲から失笑が聞こえる。

「と、とにかく何かお見せいただけるなら早くしていただけませんか？」

顔を赤くするとなぜか俺を睨みつけてきた。俺は精霊王の涙を手に準備を終えた。

「それではゲスイ公爵。そちらの杯を貸していただけますか？」

「こんなものを？　何をされるおつもりか？」

ゲスイ公爵は怪訝な顔をしながらも俺にミスリルの杯を渡してくる。

「ありがとうございます。それでは御覧ください」

俺は受け取った杯から手を離す。

「な、何を！」

ゲスイ公爵の声が響き渡る。

その場の全員、杯が落下して絨毯をワインで濡らすと思っていたに違いない。

だが、杯は落ちることなくその場へと浮かんでいる。少しの間それを見ていたゲスイ公爵だ
「う、浮いている！」

が、気を取り直す。

「こ、こんな手品を見せられて力の一端と誤魔化すつもりか？　この男は本当に邪神を討伐したのか？」

俺を責めるゲスイ公爵に、周囲はどちらに付くべきか顔を見合わせる。

「まあ、慌てないでください。これからです」

俺は首飾りを握りしめると魔力を注いだ。

「杯が……光り始めた」

「一体どのような仕掛けなのか」

誰かが恐る恐る口にする。

「エルト、あなた……嘘でしょう？」

この場で完全に状況を把握しているのはセレナだけ。彼女は大きく目を見開くと、この光景に驚いた。

「まだまだ、これからだ！」

俺は力を込めると、光の微精霊が好む魔力をどんどん作り出す。

どこからともなく光の微精霊が集まり、俺の魔力を吸収するとミスリルの杯へと吸い込まれて行く。

「うっ！　眩しい！」

「な、何だこの風はっ！」

ミスリルの杯が輝き、風が巻き起こる。

精霊を視られない人間でも流石にこの現象の影響を受けるようだ。

「もう……少し！」

パーフェクトヒールで何度魔力を回復させたことか。精霊王の涙がなければやり遂げられなかったかもしれない。

やがて、輝きが最大に達し、最後に魔力を与えた光の微精霊がミスリルの杯に吸い込まれると、ミスリルの杯が変化した。

「こ、これは……なんと……？」

「はぁはぁ、初めてだから加減がわからなかったけど成功したようだな」

さきほどまで鈍い銀色をしていた杯が黄金色の輝きを放っている。

「どうぞ、手に取ってください」

息を整えると、未だ宙に浮かぶ黄金の杯を手に持つように促す。

俺の言葉を聞いてゲスイ公爵は「おい、お前手に取ってみろ」と取り巻きに命令する。取り巻きはフラフラと近寄ると浮かんでいる杯を手にした。

「神々しく、触れているだけで心が洗われ穏やかな気持ちになってくる。まさか……この器は聖杯になっているのか？」

周囲に動揺が広がっていく。

聖杯とは、神殿が儀式の際に重宝する杯のことで、長い年月をかけて聖なる力を宿したアイテムのことだ。置いた場所を清め、治癒魔法の効果を高めることができる。

「て、手品ですり替えたのか？」

「すり替えるにしても、どこから聖杯を持ってくるのよ？」

「こんなことができるなんて、数千年前の聖人様の再来よ！」

ざわめきが周囲に広がっていく。

元々マリーから聞いていた知識が役に立った。神殿や教会が長い年月を経て神聖な場所になるのは光の微精霊が聖気を作るからだ。そしてそこに安置された杯に不思議な力が宿ることがある。

邪を払う力を持つ特別な杯のことを【聖杯】と呼ぶ。俺はここに注目した。

マリーからは微精霊を武器などに定着させることで、属性武器にできると教わった。

聖杯とは、光の微精霊が定着した杯のことではないかと考えたのだ。

精霊王の涙を使った上、何度もパーフェクトヒールで魔力を回復させた。これだけの条件が揃わなければ作ることができない。

「こ、こんなことがあってたまるか！　この詐欺師め！　どこからか盗んだ聖杯をめくらまししてすり替えたに決まっている！」

「一体どうやって聖杯を盗むのです？　現在、聖杯は神殿が管理しています。盗難の話なんて聞いたことがありませんけど？」

アリスがむっとしてゲスイ公爵を睨みつけた。

「うるさいっ！　だったら神殿もグルなんだっ！　こいつを傀儡《かいらい》に信者を集めるつもりに決まっている！」

「な、何を馬鹿な……」

呆れて言葉が出ない。ゲスイ公爵は口汚く俺を罵倒し、パーティーの雰囲気が悪くなり始め

ると、

「どうしたこの空気は。お前たち一体何を騒いでいる？」

良く通る声が聞こえ、人だかりの一部が割れた。

「俺の入場にも気付かぬとは、どのような状況なのだ？」

人だかりの間を通って一人の青年が近付いてくる。

「なんだ貴様……は？」

ゲスイ公爵の目が丸くなる。目の前の人物に食って掛かろうとして顔を青白くし口をパクパクさせている。

「あ、あんたは……」

俺は俺で驚きを隠せないでいた。なぜなら目の前に現れたのが……。

「よぉ。やはりまた会ったな」

「レオン、ですよね？」

名を呼ぶことで周囲のざわめきが一層大きくなる。

「エルト君、どういうこと？」

アリスは腕を引くと顔を近づけ、俺に耳打ちをした。

「どうって何が？」

「どうしてあなたがグロリザル王国王位継承第一位のレオン王子を知っているのよ？」

「どうもこうもこの前、馬車が往生していたときに助けたのがこのレオン……ってなんだって？」

聞き捨てならない言葉に、俺はアリスを凝視した。

「あのときは本当に助かった。どうしても急いで国に戻りたかったもんでね」

レオンは気さくに俺に話し掛けてくる。そんな俺たちに視線を向けていたアリスはふと何かを思いついた。

「も、もしかしてエルト君がこの国にいるとゲイル様に教えたのはあなたなの？」

アリスは探るような目でレオンを見た。

「ああ、会ったときから凄まじいオーラが漏れていたからな。噂の英雄じゃないかと思ったんだ」

「オーラが見えるということは……」

俺が推測を述べようとしたところでレオンが頷いた。

「ああ、俺も精霊使いだ。グロリザルは代々精霊を崇めている。ときおり俺のように精霊を使役できる人間も生まれてくるんだ」

そのせいか。初めて会ったときから妙に好意的だとは思っていたが、謎が一つ解けた。

「それはそうと、何の騒ぎだ？」

俺たちから視線を外し、周囲の者に騒ぎの状況を確認し始める。

「そ、それが。そちらの男が神殿の聖杯を盗み、こうして詐欺を働こうとしておりまして」

ゲスイ公爵が唾を飛ばしながらレオンに縋り付こうとする。レオンは嫌な顔をして距離を取った。

「それが、その聖杯ってやつか?」

ゲスイの取り巻きが持つ杯に気付くと、じっくりと観察した。

「なるほど、確かにこれは聖杯だな。恐ろしいほどの力を感じる」

「でしょう!」

それ見たことかとゲスイ公爵は笑みを浮かべた。

「だが、こいつは盗んだわけじゃない。エルトが作って見せたんだろ?」

「そ、そんなことできるはずがないでしょう!」

ゲスイは顔を真っ赤にするのだが、レオンはつまらなそうな顔をする。

「エルトは誰もが不可能と諦めていた邪神を討伐しているんだぞ? 逆にそのぐらいできないとなぜ思う?」

レオンは周囲を見渡すと、全員に言い聞かせるように声を張り上げた。

「我が国は次に邪神に生贄を捧げるはずだった。ここにいるエルトに感謝することはあれど、それを批難することは俺が許さない。文句があるやつは今すぐ名乗り出ろ」

はっきりと宣言したレオンに誰もが口を固く結ぶ。

「それと、ゲスイ公爵。貴様はこのパーティーにふさわしくない。そうそうに立ち去れ」

「なぜ私がっ！」

名指しされたゲスイ公爵は、レオンに食って掛かる。

「今日のパーティーはイルクーツ王国の使者アリス王女を歓迎してのもの。国賓を不愉快にさせる人間なんぞ害でしかないだろう？」

レオンが指を鳴らすと同時にゲスイ公爵とその取り巻きの周辺に兵士が集まる。兵士は両腕を拘束すると騒ぐ彼らを引きずっていった。

「それにしても、お前本当にとんでもないやつだな」

聖杯を手にしたレオンは苦笑いをすると、俺の肩に手を置いた。


レオンが登場し、パーティーはいよいよ盛り上がりの頂点を迎える。

そこらでは酒に酔って女性を口説く男もいるし、お互いの領地や交易の話に花を咲かせる者。婦人同士も集まって世間話に花を咲かせていたりする。

アリシアとセレナはパーティーが始まった当初、見た目の美しさから男たちのアプローチを受けていたらしいのだが、ゲスイ公爵に対しきっぱりと断っているのを見たせいか、声を掛けに行くチャレンジャーもいなくなったようだ。

現在は貴族の婦人に混ざって歓談に興じている。

俺がその様子を見ているとアリスが「あの二人なら大丈夫よ」と耳打ちをしてきた。

そんなわけで、現在俺は再会したレオンと話を弾ませていた。

「まさか、あんな場所に噂の英雄が現れるとは思わないだろ？　名前を聞いたときは驚いたぞ」

「それはこっちのセリフですよ。いきなり現れたかと思えばこの国の王子だなんて、偶然にしてもできすぎでしょう」

レオンからは普通に振る舞うように言われている。

俺の邪神討伐話は貴族連中まで広がっているが、成り上がり者と思って軽く見たり、さきほどのゲスイのように詐術を用いていると考える人間もいるそうだ。

レオンやアリスと親しくすることで、そういった根拠のない暴言を直接言われずに済むという狙いのようだ。

「おかしいと思ったのよ。あのとき顔を出しておけばすぐわかったのに……」

アリスは悔しそうな顔をするとレオンを睨みつけた。王族ということもあり、道中人前に姿を出せなかった。そのせいで顔見知りを見逃したのだ。

「レオン様、私も御挨拶させていただきたく存じます」

ふと話をしていると、橙《だいだい》のドレスを身に着けた女性が現れた。胸元には鈍く光る奇妙な首飾りを下げている。俺はその首飾りから妙な気配を感じた。

「シャーリーか。エルト、お前もあのとき会っただろ？」

レオンから話を振られ、俺は一旦顔を上げた。

「えっと、近衛騎士の人ですよね？　槍を持っていた」

エリバンから続く街道で会った記憶がある。

「あのときは大変失礼いたしました」

両手でドレスのスカートを摘まみ、御辞儀をする。

「それと、このたびは邪神を討伐していただき誠にありがとうございます」

「ああ、いえ……別に……」

あまりにもかしこまった態度に困惑する。

「実は私は、この国で次の生贄になる予定だったのです」

「そうだったんですか……」

邪神はイルクーツだけではなく、各国に生贄を要求していた。

グロリザル王国で生贄になるはずだったのがシャーリーさんと聞き、俺は驚きを隠せなかった。

「エルト様のお蔭で、こうして生きながらえることができております」

感謝の言葉とともに再度頭を下げられた。

「だからお前は固いっての。せっかくの楽しいパーティーがしんみりしちまうじゃねえか」

レオンが空気を感じ取ってシャーリーさんを窘めた。

「しかし、命の恩人にそんな軽い態度をとるなど、誇り高きグロリザル王国の騎士としていかがなものかと」

胸に手をあて主張するシャーリーさん。レオンの生真面目という評価は妥当なようだ。

二人は俺とアリスの存在を忘れて言い争っている。どうやら王子と騎士という身分以上に仲が良いようだ。

しばらく二人の会話に耳を傾けていると、いつの間にか会場が静まり返っていた。

気が付けば音楽が止まっており、部屋の明かりが徐々に暗くなりつつある。

「っと、そろそろダンスタイムだな」

レオンが椅子から腰を上げ準備を始める。彼が手を取ったのはシャーリーさんで、彼女は嬉しそうに頬を緩めている。

「俺、ダンスなんてできないぞ？」

皆が当然のように女性の手を取り動き出すのを見ながら、俺は動けなかった。

「ちなみにダンスは男性側が申し込むことになっている。ここで踊らなければ相手の女性に恥をかかせることになるんだぜ」

レオンの言葉に頭を抱えたくなる。アリスは椅子に座り、俺がどうするつもりか見ている。

俺は覚悟を決めると、周囲の男がやっているようにアリスの前に跪くと、

「い、一曲踊ってもらえませんか？」

初めて口にする言葉に顔が熱くなる。差し出した手が握られ、顔を上げる。

「はい、喜んで」

そこには美しい笑みを浮かべたアリスがいた。


「大丈夫だから、順番に足を動かすのよ。私がフォローをするから好きに動いてくれて構わないわ」

音楽に合わせて皆が踊る。俺とアリス、レオンとシャーリーさんが一番目立つ中央で踊りを披露している。

「わ、わかった。動くぞ」

俺はアリスの言う通り、意識して左足を出してみる。するとアリスは俺の動きを感じ取り身体を離すことなく付いてきてくれた。

身体が密着し正面には相変わらずアリスの顔がある。一緒に旅をしてきたものの、これほど間近で顔を見るのは初めてなので緊張してしまった。

「わざわざ宣言しなくても平気だからね？」

クスクスと笑うアリス。彼女はダンスを嗜《たしな》んでいるらしく、優雅な動きで俺に合わせて踊っている。

右足から左足と順番に動かす。大きくスライドさせたり捻りを加えたり。踊っている間に楽しくなった俺は、目の前でレオンがしている動きを見て真似し始める。

「そうそう、その調子よ。やっぱりエルト君は飲み込みが早いわね。これなら周りも笑うことはないわよ」

アリスからそう言われてほっとする。余裕ができて周りを見渡すと、踊りながらもチラチラとこちらを見る人間がいた。

その中にはアリシアとセレナもいる。誘いを断ったのか、二人は壁に背をつけてこちらを見ていた。俺が二人に注意を向けていると、

「踊っている間は他の女性は見ないの」

やや不機嫌そうな顔をしたアリスと目が合った。

確かに踊りの最中にパートナーから目を離すのは失礼にあたるのだろう。俺が何と言って謝ろうか悩んでいると、アリスは背中に回した手に力を込め顔を近付けてきた。

「今は私だけを見てちょうだい」

そして、とても情熱的な瞳を俺に向けてくるのだった。

★

「う……うん？」

頭に鈍い痛みを感じながら、どうにか瞼を開きました。

どうやら資料をまとめ終えると同時に意識を失ってしまっていたようです。

「眠いです……でも起きなければ……」

今日の会議を成功させれば、あの人も私のことを認めてくれるはず。そんなことを考えていると……。

「いけませんっ！　時間がっ！」

窓の外から日差しが差し込んでいる。

私は飛び起きると慌てて身だしなみを整えるのでした。

★

「それでは、定刻になりましたので、グロリザル王国とイルクーツ王国の国家間会議を開始いたします」

司会を進行するのはグロリザル王国の宰相さんだ。グロリザル側とイルクーツ側の机の真ん中に立っている。

俺は現在、二国間の会議に参加させられている。レオンとアリスの両名から頼まれたからだ。

正面を見るとグロリザル王国代表としてレオンが、その横には財務大臣。そしてゲスイ公爵ほか数名が並んで座っている。

対するイルクーツ側だが、レオンの正面にはアリス。その隣には俺が座り、空席を一つ挟んで横からアリシアとセレナの順で座っている。

アリスがもう一人参加することをほのめかしていたのだが、どうやらまだ来ていないらしい。

「まったくあの子は……。何をしているのよ」

アリスはイライラすると、入り口を見ながら吐き捨てた。

「それでは最初の議題に入りたいと思いますが……」

司会役の宰相さんがアリスの顔色を窺っている。

イルクーツ側の参加者がまだ一人来ていないのは明白で、進めても良いものか悩んでいる様子だ。

そのとき、会議室のドアが開いた。

「お、お待たせいたしました」

入ってきたのは腕一杯に紙束を抱えた少女だった。汗を掻き息を切らせている。恐らくここまで走ってきたのだろう。彼女はキョロキョロと周囲を見渡し、アリスを見ると頬を緩め近付いてきた。

「遅いですよ。あなたにはイルクーツを担う自覚があるのですか？」

その人物が近付くと、アリスは苛立ちを隠そうともせず怒鳴りつけた。普段のアリスらしからぬ態度に俺たちは驚いた。

「も、申し訳ありません。少し、準備に手間取ったもので」

怒鳴られて委縮してしまう。俺はその少女に見覚えがあった。

「き、君は……」

先日に続き、思いもよらぬ再会に驚く。

「エルト様。どうもご無沙汰しております」

彼女は俺を見ると、ペコリと頭を下げた。

「え、エルト君。ローラを知っているの？」

驚愕の表情を浮かべたアリスは俺に質問をしてきた。

「俺の方こそ聞きたい。ローラを知っているのか？」

二人揃って固まっていると、ローラが自己紹介を始めた。

「挨拶が遅れました。私はローラ。イルクーツ王国国王ジャムガンを父に持ち、そこにいる第一王女アリスを姉に持つ、イルクーツ王国の第二王女です」

落ち着いた声を出すと、ローラはその場の全員に挨拶をした。

「えー、これが今回の会議の議題となります」

会議室には重苦しい雰囲気が流れていた。

開始間際に現れたローラは資料をパラパラとめくると内容に目を通している。

アリスはそんなローラが気になるのか、自身も資料を読みながら横目で彼女を見ていた。

しばらくの間、グロリザルの宰相さんが議題について説明をしてくれた。俺たちは今回の会議内容に耳を傾け、説明が終わるまで誰一人口を開かなかった。

やがて説明が終わり、全員が情報を共有すると、

「なるほど、異常気象による不作。物資の援助の交渉ということですか」

ローラは顔を上げると、今回の会議の内容を掻い摘んで確認した。

「ええ、その通りです」

進行役の宰相さんが頷くと、ローラは発言を続けた。

「確かにこの半年におけるグロリザル王国の気候は異常でしたね。通常なら山脈から吹き込む寒気で冷え込むところが南国のように暑い」

「そうなのよね。アリスからは寒い地域だからって聞いてたから驚いたのよ」

ずっと疑問に思っていたのか、セレナが首を振って頷いた。

「この異常気象で暑さに弱い作物が壊滅的な被害を受けたのですよね？」

「ああ、そのせいで食糧が不足している」

ローラが確認をすると、レオンが答えた。

「異常気象の原因については調査中なんだが、今回会議を開いたのはこの問題について早急に手を打たなければ、取り返しがつかないことになるからだ」

レオンは苦い顔をすると、資料をテーブルに置き腕を組んだ。

「今回、イルクーツにお願いしたいのは我が国への食糧の輸出量を増やすことだ。うちが今年の冬を乗り切るのに必要な量については資料に書いてある」

アリスは資料を見て頷く。

「なるほど、うちとしても交易を増やすことについては賛成よ。両国の関係性を諸外国にアピールすることもできるしね」

「そうだな、グロリザル側もその考えだ」

アリスから肯定的な発言を引き出し、レオンはほっとした。

「一つ、問題がありますね」

そのとき、ローラが口を開いた。

「ローラ、問題とはなんです？」

アリスは顔をローラの方へと向ける。

「食糧問題を利用して、二国間が親密であると諸外国に発信するのは外交上非常に有効な手だと私も思っています」

「ええ、交易ルートに参加を表明する商業組織も増えることが予想されますし、経済的にも利点しかないかと」

グロリザル側の財務大臣が相槌を打つ。

不足している食糧を融通するという内容なので損はないはず。俺はローラがいう問題とやらが気になった。

「ですが、私の手元にあるイルクーツ王国の本年の【収穫予想報告書】を見る限り、厳しいかと思います」

「どういうことなの、ローラ？　うちは特に不作ではなかったでしょう？」

アリスが立ち上がり、ローラを問い詰めた。

俺もローラの言葉に首を傾げる。

元々、イルクーツは気候が安定した風土で、広大な国土を利用して多様な作物を育てている。全体の収穫量については知らないが、俺が携わっていた王都郊外の農場では豊作だったはずだ。

全員の視線がローラに集中すると、彼女は資料のページをめくり読み上げた。

「報告によると、一月ほど前にイナダの大群が発生しました」

イナダというのは穀物を食べ繁殖する害虫のことだ。こいつらは異常に繁殖するため農業をする者から目の敵にされているので、俺も見かけ次第駆除していた。

「普段なら繁殖する前に駆除しているのですが、今回は放置されている農場があったようです。そこで大量発生が目撃された頃には、農場を一つ食い潰したあとで、他の農場へと散らばっていったようです」

「そんな馬鹿な……」

農作業に携わる者ならイナダの被害を無視するわけがない。

俺の言葉にローラはチラリと視線を向け反応する。視線が合ったが、彼女は特に俺の言葉を拾うことなく皆を見る。

「現在はイナダを駆逐し終えていますが、対応に追われて人を割いたことで、少なくはない被害と収穫作業の遅れが出ています」

それこそがイナダが嫌われる原因だ。駆除に失敗すると近隣の農場も被害を受けるので、その間作物に手が回らず枯らしてしまうことになる。

「で、ですが被害は最小限に抑えられているはず。交易できないほどではないでしょう？」

財務大臣が右の掌を上に向け、ローラの話を否定する。

確かに収穫量は減るだろうが、イルクーツは農業が盛んな国。被害は全体から見れば小さいので食糧を融通できなくはない。

「国民を飢えさせない程度の蓄えはあります。だけど、多少の蓄えがある程度では何かあった際に枯渇する可能性があります。わかりますでしょう？」

含みを持たせたローラの言葉に、その場の全員が黙り込んでしまう。

「確かにローラの言う通り、私も穀物に被害が出ていることを知らなかったわ」

「今後のことを考えるとイルクーツ側に無理を言うのは問題となりますな」

アリスもグロリザル側の財務大臣も難しい顔をする。

「しかし、イルクーツが無理となると我が国は厳しい状況になるぞ。何か方法はないのか？」

レオンは口元を右手で覆い隠し、苦い顔をする。

「それでしたらこちらの……」

ローラがいそいそと書類の束をめくっていると、

「なんだとっ！　だったら貴様らは何をしに我が国に来たのだ！」

ゲスイ公爵の怒鳴り声が会議室に響き渡った。

「大体なんだ！　今の言い方は。仮にも友好国だぞ！　厳しい状況だからこそ助け合うものではないのか‼」

ゲスイ公爵はローラを睨みつけると強い言葉をぶつけた。

ローラの身体がビクリと震える。

「そ、それに関しては……」

ローラは怯えながらも言い返そうとするのだが、完全に委縮してしまい。その声は俺にしか聞こえなかった。

「ここで怒鳴り合っても仕方ないでしょう。もっと建設的な話をすべきです」

俯いてしまったローラに代わってアリスが受け答えをした。

「とはいえ、イルクーツの物資が使えないとなると……」

レオンもこの場の空気を変えるため、アリスとお互いに意思の疎通を測る。

「レオン王子。やはりここは私の伝手を使い、近隣諸国から直接物資を買い付けるべきかと」

ゲスイ公爵は名案とばかりにレオンにすり寄った。

「そっ、それは……」

「まだ何かおありか？　ローラ王女」

「……」

ゲスイ公爵の不機嫌そうな声で委縮してしまったのか、黙ってしまう。

「最初からそうすれば良かったのに、なんでやらなかったわけ？」

誰もが言葉を噤む中、セレナが疑問を口にした。

「食糧を調達するということは、うちの弱みを宣伝することになるからだ」

「どういうこと？」

レオンの説明にセレナは首を傾げた。

「セレナ、人族の国家というのは必ずしも仲が良いわけではないの」

アリスがうんざりしたような声でセレナに話しかけた。

「ああ、実は最近、隣接している国のいくつかが不穏な動きをしている。もし、この状況がそれらの国に伝わると攻め込んでくる可能性があるんだ」

アリスとレオンが現状をセレナに説明する。

「しかし、放っておけば民が飢え死にしますぞ。確実に攻めてくるわけでもありますまい。イルクーツがあてにならないとなると仕方ないでしょう」

悩むレオンに対し、ゲスイ公爵は強く迫った。

俺は隣で俯くローラを見る。彼女は一枚の紙を見ていた。

「アリス」

「ん？」

俺は目線で合図を送った。

アリスは首を傾げるが、すぐに俺の意図に気付くとローラの手元から紙を抜き取った。

「しかしゲスイ公爵、わざわざ敵対するかもしれない国に資金を与えるのはまずいですよ」

シャーリーさんがゲスイ公爵を止めようとしている。

「他の方法ならあります」

「なんだって？」

アリスの言葉に全員が黙った。

「一体どうするつもりなんだ？　イルクーツの食糧不足はさきほど聞いた通りなんだろ？」

レオンは険しい顔をすると、アリスに確認を取った。

「ええ、うちは現在食糧を援助できる状況にありません」

「だ、だったら！」

アリスは怒鳴ろうとするゲスイ公爵を手で制する。

「我が国の近隣国から食糧を買い付けます。グロリザルが買い付けを行えば弱みを見せることになりますが、うちなら問題ありません。現在のイルクーツに攻め込む国はないでしょうからね」

チラリと俺を見ると自信満々にアリスは宣言した。

「確かにその通りだ。だが、より遠方から仕入れるとなるとそれなりに手数料がかかるんじゃないか？」

「もちろん手数料はいただきます。用意した予算で買い付けられる食糧は減るでしょう。だけどこれなら周辺国に対して情報を与えることなく解決できるわ」

「それならば、確かになんとかなりそうですな。至急、予算の組み直しをします」

「ええ、話が決まったらイルクーツの交易担当に連絡を入れてください。私の方から話を通しておきます」

「どうやらなんとかなりそうだな」

話が良い方向に進み始めた。

「それでは、この話についてはグロリザル側で話し合って決めたいと思います。お待たせしてしまって申し訳ありませんが、数日ほどお待ちください」

宰相さんがそう言うと、その場は解散となるのだった。

★

「それで、どうして遅刻をしてきたの？」

あれから、会議が終わり、私たちイルクーツ側は別の部屋へと移動した。

テーブルにはアリシアが淹れてくれた紅茶のカップが並んでおり、湯気を立てているが、誰一人手を付けていない。

「黙っていたらわからないでしょう、ローラ。先日のパーティーにも参加しなかったみたいだし。あなたは仮にもイルクーツを代表してきているのよ。その自覚があるの？」

私がどれだけ声を掛けても、ローラは俯いて言葉を発しない。

「まあまあ、そんなに怒らなくていいじゃない。話はうまくまとまったんだからさ」

この空気を嫌ったのか、セレナがカップに手を伸ばし紅茶を飲み始めた。

「ロ、私は……」

私が見ているとローラは目を潤ませながらぼそりと呟く。目の下には隈ができていた。

「もういいわ。あなたは部屋に戻りなさい」

これ以上話をしても無駄だろう。私は溜息を吐くとローラにそう言った。

「………はい」

とぼとぼとローラが退室する。

「おい、アリス。もう少し優しく言ってやっても良かったんじゃないか?」

エルト君が私を咎めた。妹に対する態度に我慢できなかったのだろう。

「わ、私。ローラ様の様子見てきます」

短く言葉を発するとアリシアが出て行った。彼女が見てくれるなら、あの子も大丈夫だろう。

「最後の提案書見ただろ。他にもあらゆる事態を想定して書類を作っていた。あれのせいで多分ローラはあまり寝ていないんだぞ」

そう言われてハッとする。あの子が誰よりも努力家で、無茶をするのは私が一番よく知っている。恐らく、エルト君の言う通りなのだろう。

私は痛む胸を右手で押さえた。

「ねぇ、エルト君」

「なんだよ?」

憮然とした表情を私に向ける。知り合って間もない妹のために怒る彼の優しさで心が温かくなる。

「あの子と何があったか教えてくれないかしら?」

私はあの子のことを少しでも知りたくて、エルト君に質問をするのだった。

『聖杯の作成だと？』

デーモンロードは部下から上がってきた報告に驚愕する。

『馬鹿な……あれは如何なる場所でも聖なる空間へと変化させてしまう魔導具だぞ。それを人為的に作り出せるなど悪夢としか思えん』

デーモンたちは瘴気を好む。瘴気とは負の感情の集合体で、その密度が濃いほどデーモンたちにとって過ごしやすい空間になる。

一方神殿など聖気が溢れる場所は真逆でデーモンたちにとっては命取りだ。

それだけではなく、その場においては聖属性の魔法は増幅されるのに対し、デーモンたちの力は半減させられる。

もしエルトが聖杯をポコポコと量産することができれば城などの主要な建物すべてが聖気で満たされてしまい、入り込んでいる密偵は全滅させられてしまう。

『まさかそのようなユニークスキルを持っているとは……、もはや見過ごせないではないか』

唸るデーモンロードに部下は提案をする。

「このような芸当ができる人間です、他に何を隠し持っているかわかりません。全容がわかるまでうかつに仕掛けるのは危険かと」

『そのようなことはわかっている。だからこそ、こうして用心しているのだ』

この世界では突如英雄が現れることがある。最初は小さな力しか持たない彼らは、恐ろしい速度で成長する。力量差があり一捻りで倒せると油断すると、きっかけ一つで覚醒する。そうなると自分たちの首を絞めることになるので、慎重に行動するつもりだ。

「私に考えがあります」

『申してみよ』

「やつらが滞在している国にちょうど良いモンスターがおります。戦わせて戦力を測るというのはいかがでしょう?」

デーモンロードは報告書の内容を思い出す。暗躍するデーモンたちにどのような活動をしているか報告させたものだ。

『確かに、あれならば力を測るのにうってつけ。早速仕掛けるように手配しろ』

「はっ!」

部下は返事をすると早速準備を始めた。

★

照り返す日差しと雲一つない青空が広がっている。

細かい砂を踏みしめると足の裏に感触が伝わる。

周りを見渡すと、侍女がテーブルを並べ、執事がバーベキューの準備をしている。

先に見える建物はグロリザル王国が所有する別荘の一つだと聞いた。

現在、俺はグロリザル王国から北上した場所にある北海の浜辺にいる。

なぜこのような場所にいるかというと、シャーリーさんから勧められたからだ。

先日の会議以降、グロリザル側で予算を捻出するため協議しなければいけない事柄が多々あり、その間イルクーツ側は暇な時間ができてしまった。

先日のローラとアリスのやり取りを見ていた俺とアリシアとセレナは、こういう場所でならあの二人も仲良くできるのではないかと考えた。

アリシアにローラを誘わせたのだが、本人はそれほど乗り気ではなかった。それでもしぶしぶ了承してくれたので、姉と和解する気はあるのだろう。

「王女様方はもう少しでいらっしゃるとのことです」

「はい、ありがとうございます」

伝言にきた侍女に礼を言うと、俺は二人の距離をどう縮めさせるか考える。

「どの女性も大変美しく、英雄様は幸せ者ですね」

侍女がからかうような言葉を口にする。

「いや、彼女たちはそういう関係ではないですから」

歓迎パーティー以来、誤解されているようなので否定しておく。

「お待たせ、エルト」

そうこうしていると、セレナが現れた。

彼女は葉っぱをモチーフにした緑の水着を着ていた。

「どう？　似合うかしら？」

その場でターンをすると銀髪が太陽の光を浴びてキラキラと輝いた。

「ああ、凄く似合っているぞ」

「ふふふ、ありがとう。エルトも格好いいよ」

嬉しそうに頬を緩めると、セレナは俺の全身を見る。

「それにしても、湯浴みをするときは裸なのに、水浴びをするときに服を着るって人族も変だよね？」

自分の水着を引っ張りながらセレナは首を傾げた。

「まあ、海水浴ってのは昔からそういうもんだからな」

当たり前のように多様なデザインの水着が売られているのだ。

「大昔はそういう文化もなかったみたいなんだがな、過去に偉大な発明家が突如現れて作ったらしいぞ」

様々な魔導具を開発して生活を豊かにしてくれたのだが、その発明家が特に力を注いだのが娯楽だ。

現在でも一般大衆から貴族まで好んで遊ぶボードゲームやスポーツなど。服に至るまですべてその発明家の影響を受けている。

「こんな小さな布なのに防御力が優れてるし何より軽いなんてね。私この恰好で冒険しようかしら？」

発明家の執念なのか、水着には高度な魔法が付与されている。水際での行動には水着は必須装備となっていた。

「それは止めた方が良い」

セレナの肢体から目を背ける。刺激が強くて目に毒だ。もし冒険の最中にセレナが視界に入ってきたらミスをする人間は少なくないだろう。

「えー、こっちの方が動きやすいのになぁ」

「本当に頼むから！　いつもの装備にしてくれっ！」

俺が必死に頼み込んでいると足音が聞こえた。

「お、おまたせしました」

次に現れたのはローラ。桃色と白のフリルがつけられた水着を着ており、橙の花を髪に挿している。

「うう、なんでそんなに大きいのよ。ローブの上から薄々勘づいてたけどさ」

セレナは自分の胸を見てローラを見た。何やら絶望的な戦力差を目にしたような顔をしている。

ローラはというと、所在なさそうな感じで俯いている。顔が赤く、恥ずかしがっているように見える。

「似合っているな」

侍女たちから口を酸っぱくして「とにかく全員の水着姿を褒めてください」と言われている。

「……どうもです」

ローラは短く返事をすると、口元を浮き輪で隠しながらそっぽを向いた。

「ローラは泳げないのか？」

目に飛び込んできた浮き輪を見て、俺は疑問をぶつける。

「べ、別に泳げないわけでは……」

聞き方がまずかったのか、ローラは俯いてしまう。

「俺で良かったら泳ぎ方を教えようか？」

このまま気まずい思いをするのも嫌なので、提案をしてみた。

「えっ？　エルト様が教えてくださるのですか？」

意外そうな顔で俺を見た。

「川で泳ぐ程度だったからそんなにしっかり教えられないかもしれないが、それでよければ構わないぞ」

俺の言葉を聞き、彼女は少し考えると、

「そ、そこまでおっしゃるのでしたら少しだけ」

やはり泳げなかったらしい。恥ずかしいのか、顔を背けながら答えた。

「ああ、任せておけ」

返事をし、俺とローラは同時に笑った。

「それにしても、二人とも遅いわね」

ローラと打ち解けていると、セレナがアリスとアリシアの様子を気にしていた。

「ローラ。あの二人は？」

「……えっと、わからないです」

先日のことを引きずっているのか、気まずそうな表情になった。

「まったく、こんな着替えに時間かかるなんて」

セレナが腰に手を当てると文句を言う。早く泳ぎに行きたいのかそわそわしているようだ。

三人で待っていると、しばらくしてようやく二人が現れた。

「お待たせ。この子がなかなか進もうとしないから時間がかかって」

アリスはこれでもかという抜群のプロポーションを見せつけながら俺たちの前までくる。

彼女は赤い花柄のビキニに、頭に赤い花を挿し、髪をまとめ上げていた。

俺は思わずアリスの水着姿に釘付けになってしまう。

「ア、アリス様！　押さないでくださいよ」

一方アリシアは、ロープで身体を覆い隠すと恥ずかしそうにしていた。

「まったく意気地がない。皆水着になってるんだからとっとと脱ぎなさいよ」

「だ、だって、こんな凄い水着だなんて聞いてなかったですよぉ」

顔を真っ赤にして抗議をするアリシア。一体どのような水着を着ているのか気になる。

「恋のライバルだっているのにしり込みしている余裕があるの？　いいからとっとと脱ぎなさいっ！」

「あっ、引っ張らないでくださいっ！」

二人がもみ合い、ロープがたなびくたびに隙間から水着がチラチラ見える。

鍛えているアリスに敵うはずもなく、抵抗していたアリシアは気が付けばロープをはぎとられていた。

「ううう、恥ずかしいよ」

せめてもの抵抗なのか手で身体を覆い隠そうとするアリシアだったが、小さな手ではすべてを隠すことは不可能。アリシアは青いビキニを身に着け、黄色い花を髪に挿していた。

「さて、本命の感想を聞きましょうかね？」

アリスは誇らしげな顔をするとアリシアを俺の前に押し出した。

「へ、変だよね？　こんなの？」

上目遣いに見上げてくるアリシア。恥ずかしさからか瞳が潤んで身体が赤くなっている。

「い、いや……」

一方、俺も顔が熱くなった。邪神の生贄になるまで一緒にいたアリシアだが、こんな格好を見たことがなかったからだ。

「ほら、エルト君。アリシアが感想を待っているでしょ。それとも似合ってないと思ってるの？」

「そっ、そうなの!?　エルト？」

アリスの言葉に反応してアリシアが不安そうな表情で俺を見る。

「……に、似合ってるに決まってるだろ！」

勢いに任せてそう言うと、アリシアは俺から目を逸らし口元を緩めた。

「ふふーん、ほらやっぱりね。エルト君も心を奪われているみたいよ」

その言葉に俺はアリスを睨みつける。だが、現状では言い返す言葉がないので俺は黙り込んでいた。

ふと俺は思い返す。そして改めてアリスの方を向く。

「な、何よ」

急に俺に見つめられたせいか、たじろぐアリスに、

「アリスも水着似合ってるぞ」

「なっ⁉」

一人だけ褒めていなかったことを思い出し、俺は感想を言った。

「それじゃあ、せっかく招待してもらったわけだしゆっくりしようか」

俺は手を叩くと皆にそう言った。


「よし、そのまま足をバタつかせて」

「ふぁいっ！」

海に入り、ローラの手を引く。彼女は水面から顔を上げ返事をすると俺の指示通りに足を動かした。

「空気を吸い込めば身体は浮くようにできている。水を怖がる必要はない。俺がついているから安心しろ」

「はい、エルト様」

元気な返事が返ってきた。やる気が溢れているようで、見ていて微笑ましい気分になる。

現在、俺はローラに泳ぎ方を教えている最中だ。

アリスはアリシアとセレナと浜辺にビーチチェアを並べ、楽しそうに話をしている。

先日の会議でアリスとローラの関係がギクシャクしているのがわかった。

今回、俺とアリシアとセレナは二人の間に入って仲良くさせられないか考えていた。

「よーし、いいぞ。飲み込みが早い」

「ほ、本当ですか⁉」

ローラは嬉しそうな声を出すと泳ぐのをやめて顔を上げた。

「でも、非常に申し訳ないです」

波の音が耳を打つと、ローラの声がかすかに聞こえた。

「どうした急に？」

「エルト様は、現在この世界に唯一存在する聖人です。そんな方の手を煩わせてしまっているかと思うと申し訳ないのです」

先日から考えていたが、ローラは相手に対して気を使いすぎているのではないだろうか？

そのせいで、先日のゲスイ公爵やサギーのような悪人に付け入られてしまう。

「そんなことはないぞ」

「だって、私に泳ぎを教えなければエルト様はあちらで楽しくお話しできたのに」

さきほど見ていた意味をそう捉えたようだ。ローラはビーチを見ながらそんな言葉を口にした。

「私はいつも誰かに迷惑を掛けています。先日の会議も、その前の街でのことも、十年前にもお姉様に……」

塞ぎこむうちに自分を責め始めた。

「迷惑掛けたなんて、そんな寂しいこと言うな。俺はローラに泳ぎを教えるのを楽しんでやっているからな」

俺がローラと目線を合わせると、彼女は戸惑いの表情を浮かべていた。

しばらくして目を逸らすと、

「ですが、そのように思われてしまっていると考えてしまうのです」

不安そうに漏らすローラ。俺は彼女に言った。

「ローラに足りないのは自信だな」

「自信……ですか？」

「ああ、会議のときもイルクーツとグロリザル両方が納得するための提案を用意していただろ？　間違ったことは言っていないんだから、もっと自信をもって提案するべきだった」

アリスが代わりに提案して通ったが、傍で聞いていた俺も名案だと思った。

「私にそのようなことができるでしょうか？」

ゲスイ公爵やサギーに怯えていた姿が思い出される。

「できるさ。ローラが努力家なのは俺が知っている」

留学している最中にイルクーツの膨大な資料をまとめ上げたのだ、あれがどれだけ大変なのかわかる。

「いきなり周囲に合わせて変わろうとするのは大変だから、まずは俺を相手に練習するといいぞ」

「わかりました。エルト様、よろしくお願いします」

さきほどより若干柔らかい笑みを浮かべる。すぐに変われるとは思わないが、まずはこんなものだろう。

「よし、それじゃあもう少し泳いだら休憩にしよう」

真面目な話を終わらせ、そのあとしばらく泳ぎの練習をすると、俺たちは浜辺へと切り上げていくのだった。


「お疲れ様。結構上達したんじゃない？」

浜辺へと戻ると、アリシアが飲み物の入ったコップを二つ運んできた。

奥では肉や魚の焼ける臭いが漂ってくる。

「ありがとう。ローラが真面目に取り組んだからな」

俺はローラに話題を振る。

「あ、ありがとうございます。冷たくて美味しいです」

アリシアから受け取ったコップに口をつけてお礼を言った。

「疲れたら言ってくださいね、ローラ様。癒しの魔法なら使えますから」

「ありがとう、アリシア。そのときはお願いします」

徐々にではあるが、俺以外の人間とも会話をするようになった。俺たちはローラを連れてバーベキューをしている場所まで移動する。

「はい、エルト。これで身体を拭いて」

セレナがタオルを投げてくるので俺は咄嗟に右手を伸ばす。

「おっと、いきなり投げるなよ」

コップから飲み物をこぼすことなくタオルを受け取ると、俺はセレナに抗議した。

「エルトならこのぐらい余裕でしょう？」

「いや、結構危なかったぞ」

俺が憮然とした表情を見せると、セレナはタオルを奪い背後に立った。

「お詫びに拭いてあげるから許してよ」

頭にタオルを被せると乱暴に拭き始めた。

「ったく」

セレナの気が済むままにさせていると、ローラがタオルを持ったまま、じっとこちらを見ていた。

「アリシア、これ持ってて」

「うん、エルト」

コップをアリシアに渡した俺はローラのタオルを取る。

「ローラも頭を拭かないと風邪を引くぞ」

ゆっくりと髪から水分を拭き取っていく。タオル越しに耳に触れた瞬間、ローラがピクリと身をよじってみせた。

「え、エルト様？」

「嫌だったか？」

ローラが望んでいるように見えたのだが、少し気やすすぎたか？

「不思議な気分ですが嫌じゃないです。こういうことしてもらったことがなかったので……」

彼女の性格からして他人に甘えるとは思えなかった。

「なら、このまま続けるけど構わないな？」

「はい、宜しくお願い致します」

セレナに髪を拭いてもらいながらローラの髪を拭く。暖かい空気が流れてきて俺は口元を緩めるのだった。

★

浜辺で仲良さそうに笑うあの子を見る。

最後にあの子の楽しそうな顔を見たのはいつだろうか？　街で事件に巻き込まれた際に助け

てもらったらしく、エルト君には心を許しているようだ。

胸にチクリと痛みが走る。

私は第一王女として王位を継ぐために帝王学を、ローラは政務をこなすために内政学を叩き込まれた。

私たちの努力が国を豊かにすると信じて、お互いに励ましあってきた。だが、あの事件以来、ローラとの関係は変わってしまった。

私は剣の鍛錬にのめり込み、ローラと一緒に過ごすことがなくなったのだ。

当時、気が付くとローラが遠くから見ていることもあった。寂しそうな表情を浮かべていたのだが、しばらくすると彼女は私の前に姿を見せなくなった。そんなことを考えていると皆が戻ってきた。

「肉の焼けるいい匂いがするな。泳いだから腹が減ったよ」

エルト君が話し掛けてくる。なぜかローラの頭を拭きながらなので、自然と私の正面に妹が立った。

「ほら、ローラ。髪はもう乾いたからな。あとは美味いものを食ったらまた泳ごう」

「はい、エルト様。ありがとうござい ま……あ」

目を開けたローラは私を見て固まってしまった。さきほどまでの楽しそうな表情が抜け落ちていく。私もそんなローラを見ると、先日の件を思い出し言葉が出ない。

私たちがお互いに気まずい思いをしていると、セレナが間に入ってきた。

「ほらほら、早く食べないとなくなっちゃうわよ。ローラは肉より野菜を食べなさい」

「そんな！　私もお肉が食べたいです」

「ローラはそれ以上大きくならなくていいから！」

言い争いをするセレナとローラを見ていると、

「アリス、俺とローラにそこにある肉の串をくれないか？」

エルト君が目配せをして私に頼んで来た。

「……うん。はい、これ」

私は躊躇いながらも串を取ると二人に差し出した。

「ありがとう。流石レオンが用意してくれただけある。美味しいな」

エルト君は串を受け取ると早速かぶりついた。

「ローラも食べてみな。運動の後だと美味しいぞ」

躊躇していた妹は、ゆっくりと手を伸ばし、私から串を受け取った。

「あ、ありがとうございます。お姉様」

小さな声が聞こえる。注意していないと聞き取れない程度の声量だったが、妹からお礼を言われた私は、心に温かいものが流れるのを感じた。

「美味しいですね」

口元を隠し、もごもごと肉を噛むローラ。とても上品な食べ方とは言い難いが、妹の楽しそうな姿を見ると咎める気にはならなかった。

「こういうのはな、皆でわいわい食べるから普段に比べて何倍も美味しく感じるんだよ」

エルト君が自信満々な様子でローラに教えている。

「それに海の魚も美味しいわよね。聞いたところによると漁港の市場では新鮮な魚も売ってるみたいね。エルト、明日にでも行きましょうよ」

セレナは肉よりも海鮮が気に入っているようだ。

「エルト、もっと野菜も一杯食べなきゃだめだよ？　農場で働いてたわりに野菜をありがたがらないんだから」

ずっと肉ばかり食べているのをアリシアが見咎めた。

「エルト様は農夫だったのですか？」

イルクーツにいた頃にエルト君の情報は詳細まで調べている。だが、ローラは半年前から留学していたので生贄騒動の情報は人伝手にしか知らないのだ。

「ああ、毎日大量の野菜を育てていたんだ。今度ローラもやってみるか？」

「エルト様が教えて下さるならやってみたいです」

一国の王女に妙な提案をしないで欲しい。だが、ローラも余裕ができてきたのか軽い言葉を楽しそうに口にした。

「そうだろそうだろ。そこで提案だ、そこに野菜だけの串があるんだが、あれをアリスに押し付けてしまおう。ローラ渡してきてくれるか？」

いきなり名前を呼ばれてドキリとする。

ローラは串を持つと私に近づいてくる。そして……。

「お、お姉様。ど、どうぞ」

「え、ええ」

妹の視線が私に向くとどうにも緊張してしまい、上手く話せない。だけど、城での一件よりもお互いに話しやすく感じる。今ならこの手を取れば、もしかするとあの頃に戻れるのではないか？

心臓が脈打つ。

そんなことを想像しながら、私は差し出された串に手を伸ばすと……………。

『キュイイイイイイイイイイイイーーー‼』

叫び声をあげて、海面から巨大な何かが水しぶきを上げて浮かび上がってきた。

「何だあれは？」

海面に霧が溢れ、少しして視界が正常に戻る。

すると、そこにはさきほどまで存在していなかったモンスターがいた。

白く透明な巨体にいくつもの触手。ギョロリとした目がたくさんついている。

私たちが突然現れたモンスターに固まっていると、

「十数メートルにも及ぶ巨体に十本の触手。あれは海のモンスター【クラーケン】です」

「知っているのか、ローラ?」

妹が的確にモンスターの正体を皆に教えた。

「はい、船乗りの間では海上で出会ってしまえば転覆は免れないと言われている海の悪魔です。触手についている吸盤は一度吸い付けば剣がすことができず、締め付ける力は船のマストをへし折るほどの強さを持つ。目が二十四あって死角がなく、全方位に触手を伸ばしてくるので接近戦で倒すのは困難です」

エルト君の質問にわかりやすく答える。

「ここがプライベートビーチで良かった。こんなのとやり合ったら周囲が無茶苦茶になってしまうからな」

いつの間に取り出したのか、エルト君はいつもの剣を右手に持っていた。

「アリシアは侍女や執事を避難させてくれ」

「わかったわ。エルト、無茶はしないでね?」

エルト君の指示を受けて、アリシアが狼狽えている皆へと声を張り上げる。

「皆さん、ここはエルトが何とかします。巻き込まれないように避難してください」

「わ、わかりましたっ！」

「よろしくお願いしますっ！」

ここには国賓として招かれている。彼らもエルト君の言葉がなければ逃げ出すことができなかったのか、ほっとした表情を浮かべた。

「私も戦います」

鎧と槍を身に着けたシャーリーさんが、エルト君の下へと向かった。

「いや、その鎧では海に引きずりこまれたらアウトです。シャーリーさんたちは、あのクラーケンが上陸しないように浜で牽制していてください。触手を落とせそうなら減らしてもらえると助かります」

「わかりましたっ！」

「エルト、私はどうする？」

「セレナは弓であいつの目を潰していってくれ。ある程度視界を潰すことができれば楽になる」

いつの間にか手にしていた弓をセレナへと渡す。

「エルト君、私も戦うわ」

「エルト様、私もお役に立ちたいです」

　私とローラの言葉がぴったり重なった。

「何を言っているの、ローラ。あなたが戦う必要はないわ！」

　これまで以上に強い言葉に後悔する。せっかく話せるようになったのにまた嫌われてしまう。そんなことを考えて胸が痛んだ。だが、ローラは普段なら引き下がるところを、

「私だって役に立ちたいんです。魔法だって使えるし足手まといには決してなりません！」

　正面から言い返してきた。私が一瞬あっけに取られていると、

「この杖を使え」

「こ、こんな凄い杖を……あ、ありがとうございます」

　言い争っている時間が惜しいのか、エルト君は凄みがある杖を取り出しローラへと渡した。

「いいかローラ。相手は動きが不規則で厄介なモンスターだ。決して近寄らず、何かあったら浜辺の皆を魔法で護ってくれ」

「はい。お任せください！」

　こんなときだというのに嬉しそうな顔をしたローラは、杖を抱え返事をした。

「アリスは斬撃を飛ばすあの技を使って、触手を落としていってくれ」

　エルト君はいつの間にか、新しい剣を取り出して私に渡してきた。

「良い剣ね、遠慮なく借りるわ」

私が持つプリンセスブレードにも劣らぬ凄みを感じる。これならば普段と変わらぬ力を存分に発揮できそうね。

準備が済み、各々が自分の役割を理解すると、

「全員生き残ることを考えろっ！　無理な攻勢に出る必要はない。追い返すことを考えればいい！」

エルト君は大きな声で皆を鼓舞した。

彼は私と目を合わせ、頷いて見せると、

「行くぞっ‼」

砂浜を蹴り、クラーケンへと突撃していった。


「はあぁっ‼」

剣を振ると確かな手ごたえを感じ、海面に何かが落ちる音がする。見てみると私の胴よりも二回りは大きい触手が海中へと沈んでいた。

戦い始めてから十数分。私とエルト君は背中合わせに剣を振るい、徐々にクラーケンの触手を減らすことに成功していた。

「いいぞ！　アリス！」

攻撃をうまく決めるたびにエルト君が声を掛けてくれる。

私自身は迫りくる触手の勢いと攻撃の多様性で手が一杯なのだが、彼には余裕があり、こちらの様子を気にかけてくれていた。

何度か予想外の方向から触手攻撃を受けたのだが、そのたびにエルト君が割り込んでフォローをしてくれたので、今のところ致命傷を負わずにすんでいた。

『キュラアアアアアアア‼』

クラーケンの甲高い叫び声が響き、思わず耳を塞いでしまう。

見てみると、本体に突き立つ無数の矢。そのうちの一本が目に突き刺さったらしい。

「セレナ、良くやった！」

「任せて、だんだんと動きが鈍くなってきた。これなら当てられるわよ！」

次から次へと矢を放つセレナ。ここにきて彼女は連続してクラーケンの目を潰しており、そのお蔭でクラーケンの多彩な攻撃は徐々に単調になってきていた。

「良かったな、セレナ。待望の海の幸がもうすぐ手に入るぞ」

剣を振りながら、冗談交じりにセレナへと話し掛ける。その余裕な態度で周囲の人間は自分たちが有利な状況にいると感じ、動きの硬さがとれた。

「見た目が好みじゃないんだけどね。そこはアリシアの料理の腕前に期待するわ」

軽口を叩きながらも二人は油断なく立ち回っている。

クラーケンも遠くから攻撃してくるセレナを脅威と考えたのか、そちらに進もうとするのだが、エルト君が前に立ちはだかるとしきりに距離を取った。

恐らくこれまでの立ち居振舞いを見て、陸では彼に敵わないことを本能で察しているのだろう。

「まったく。本当に敵わないわね……」

気が付けば私は彼のふるう剣を見ていた。勇猛と呼ぶにふさわしい突撃で奥まで飛び込みクラーケンの触手を根元から切り飛ばす。かと思えば次の瞬間には数メートル飛び上がり、本体を斬りつけ目を奪い、相手の死角を増やしている。疲れてきたのか、流石に動きは鈍ってきていた。

イルクーツ王国はよくこれほどの逸材を見逃していたものだと呆れてしまう。国に戻ったら私が最初にすることは、国民から才のある人間を見出すための改革ではないか？

徐々に勝利が近づいてきている。触手はほぼ切り落とされ、クラーケンはエルト君の猛攻にあがくのがやっとだ。

気が付けば海水が胸元まであがってきている。私は前に出すぎたことに気付き、浜に戻らなければと考えた瞬間――。

「クラーケン本体の魔力が高まってます！　最後に何か仕掛けてくるようです！　気を付けてっ‼‼」

背中からローラの叫び声が聞こえた。

「何かが来る！　皆離れろっ！」

海水が引いていく、地面が揺れ、何かが起こる予感を私はひしひしと感じとった。

「えっ？」

間の抜けた声が漏れる。皆はエルト君の指示を聞き、浜辺から陸に向けて走っている。

『キュラアアアアアアアアアアアア‼‼』

クラーケンが咆哮し、私は耳を塞いだ。海水は完全に引いており、ぬかるんだ地面に足がつく。絶え間なく振動が続き、空が見えなくなった瞬間。

「アリス！　逃げろおおおおおっ！」

数十メートルに及ぶ巨大な波が沖から凄い速度で押し寄せてくる。

私はその波にあっという間に巻き込まれると……。

「ガホッ！」

意識を失うのだった。

★

「なに……これ？」

私は目の前の光景を見て言葉を失った。

パチパチと音を立て馬車が燃えている。どうやら私は馬車から弾き飛ばされたようで、地面に転がっていた。

「そういえばローラはっ！」

命に代えても守ると誓った妹。もしかして馬車の中に取り残されてしまったのではないかと焦りが浮かんだ。

「う……うーん」

背後から声がして、振り向いてみると、そこには意識を失い倒れている妹の姿があった。

「良かった、無事みたいね」

ほっとした私は、何が起きたのか周囲を見渡してみる。

「ひっ！」

そこには四肢を爆散させたモンスターたちの死骸があった。

「うっ！」

私はこみあげてきたものを抑えるとうずくまった。

それは、何か凄まじい力を受けたようでどのモンスターも原形をとどめていない。

「私にはこんなことできない。あのとき、剣を抜いて立ち向かおうとして……」

当時の状況を何とか思い出そうとする。

「そうだわ、思い出した。一つ目の巨人がローラに襲い掛かろうとして」

妹の叫び声とともに背中から恐ろしい力を感じたのだった。

「おねえ……ちゃん？」

意識を取り戻したようで、ローラが起き上がると背中から抱き着いた。

「ふえぇ……怖かった。怖かったです」

感情を露わにし、身体を揺さぶる妹。

この力をアイツに知られてしまうのはまずい。何としても私だけの秘密にしないと……。

視界一杯に広がる妹の顔。私は妹を強く抱きしめる。

「お、おねえちゃん。痛いよぉ……」

腕の中で見上げてくる妹に私は真剣な顔をすると、

「お姉ちゃんが守ってあげるから」

覚悟を決めるのだった。

★

「ゲッホ！　ケホッ！」

全身を海水に濡らしたアリスは、起き上がると苦しそうに咳をした。

彼女がむせるたびに体内に入っていた海水が吐き出された。

「落ち着け、ゆっくりと息を整えるんだ」

視界が定まらないのか、ふらつく彼女の肩を抱いて支える。

「あれ……？　夢だったの？」

しばらくするとアリスは顔を振り、周囲を見渡す。どうやらまだ混乱しているようだ。

「エルト君？　一体何がどうなって……？」

混乱しているアリスに俺は答える。

「クラーケンが最後に大津波を召喚してな、アリスは波にさらわれて溺れたんだよ」

「もしかしてエルト君が助けてくれた？　あれ？　私が持っていた剣は？」

アリスはキョロキョロしながら剣を探し始めた。

「あの津波に巻き込まれたから今頃海の底だろうな」

「ご、ごめんなさい。あんな高価な剣を……」

微精霊を宿らせる訓練に使っていた剣なので、大した物ではないのだが……。

「別にいいさ、アリスの命には代えられない。それに謝るのは俺の方だ」

「えっ？　どうして？」

アリスは首を傾げると俺の瞳を覗きこんでくる。俺は彼女の唇に意識が向きそうになるのを抑える。

「引き上げたときのアリスは息をしていなくてだな、この小島には他に人もいなかったんだ」

「うん、それで？」

ここまで言えばわかるかと思ったのだが、どうやらアリスには直接言わないと伝わらないらしい。

「人工呼吸をした」

「なるほど、人工呼吸ね……って！」

次の瞬間、アリスは顔を真っ赤にすると両手で口元を隠した。


「ねえ、エルト。アリス様に何かしたんじゃない？」

あれから船で迎えが来て、俺とアリスは無事保護された。

最初はアリスも「緊急時だから仕方ないよね」と言ってくれたのだが、船が迎えに来ると離れていき、妙によそよそしい態度へと変わった。

「別に何もないぞ？　多分疲れただけじゃないか？」

「このことはアリシアには秘密だからね」と釘を刺されているので俺はとぼけることにする。

「本当かなぁ？」

正面から覗き込んで探るような視線を向けてくる。俺の視線は無意識のうちにアリシアの唇に向かい、あのときを思い出し、身体が熱くなった。

「それで、今回の討伐で被害は出たのか？」

人の命を預かって戦うのは初めてではない。アークデーモン戦のときは相手が一人ということもあり抑え込むことができたが、クズミゴデーモンのときは結構な被害が出てしまっている。

俺は緊張して喉をゴクリと鳴らすと……。

「他の人なら大丈夫だよ。クラーケンの魔法はローラ様が察知してくれたし、防護魔法で護ってくれたから」

あの大津波を防いだのか。俺はローラの魔力の高さに驚いた。

「そうか……。良かった」

一気に身体から力が抜ける。

「エルト、どこか悪いんじゃない？」

「一応パーフェクトヒールを使っているんだが、身体が重いんだよな」

戦っている最中、妙な気配を感じることがあり、その度調子が悪くなっていった。

アリシアは俺の全身を観察すると、

「エルト、呪われてるよ？」

「えっ？」

「嫌な気配がエルトから漂ってきてるし、顔色も悪い。絶対に強力な呪いだよ」

「もしかして、パーフェクトヒールは呪いを治せない？」

デーモンの瘴気を打ち込まれたような感覚に陥る。

「多分そうかも？　体力も魔力も回復してくれるって話だけど、デーモンの瘴気ダメージも治せないみたいだし、呪いは無効なんじゃないかな？」

これまで呪いを受けたことがなかったので気付かなかったが、アリシアの言う通りかもしれない。

「どうしよう？　こんな場所じゃあ呪いなんて解けないし……」

アリシアは困った表情を浮かべた。

「別に多少辛いだけだからな、我慢できなくはないぞ？」

じっとしていると魔力と体力が抜け落ちていく感覚はある。これも訓練だと思えば耐えられなくはない。

「もう、そんなの良くないよ。せめてこのぐらいはさせてね」

アリシアの手が俺へと伸びてくる。彼女の両手が俺の頭に回され、ゆっくりと抱き寄せられた。俺はアリシアの胸に顔を埋める。

心臓の音が聞こえ、落ち着く。アリシアが優しい光を発し、身体が温かさに包み込まれる。

「はい、一応私が習った解呪の魔法を使ったよ。完全には無理だけど少しは楽になったはず」

彼女は「ふぅ」と息を吐くと力を抜いた。

「助かる」

俺は礼を言うのだが、治療が済んだにもかかわらず、アリシアは抱きしめたまま離してくれない。

「生贄になって別れてから一カ月。再会してから一カ月。エルトはどんどん遠いところに行っちゃうね」

アリシアの身体が震えている。彼女はさらに強く俺を抱きしめる。

「アリシア?」

「前に言ったよね? 私にとってエルトの命が世界で一番大事だって。アリス様を助けに波に飛び込んで、そのまま海から姿を消したのを見て私凄く怖かったんだよ?」

「悪かった。だけど、あのときは仕方ないだろ?」

アリスを見殺しにするのは嫌だった。

「そこがエルトの凄いところだけど、私は嫌だよ」

アリシアが身体を動かし、正面から俺を見つめる。

またキスをされるのではないか、一瞬身構える俺だったが……。

「だって、私はどうしようもないくらいエルトを愛してるんだもん」

アリシアはそう言うと、目に涙をためて俺を見つめるのだった。

★

『やはりクラーケンは討伐されたか』

十三魔将からの報告を聞いたデーモンロードは、その内容を予測していた。

「はっ、例の計画のために用意していた個体ですが、逃亡する間もなく討伐されました」

『それで、エルトとやらの力は掴めたのか？』

グロリザルの港を荒らす予定で用意した個体だ。失ってしまったのは痛手だが、それで敵の戦力を把握できるのなら悪いことではない。

「はい。討伐にはエルトの他に数名の実力者が参加しておりました。エルトが使ったのは【神剣ボルムンク】でした」

『あの邪神の城に封印されていた剣か！　つまりエルトとやらは聖杯を使って邪神を弱体化させて隙をついてボルムンクで倒したということか？』

「接近戦でクラーケンを圧倒しておりました。恐らく間違いないかと思われます」

『他には何かないのか？』

デーモンロードは他の成果について確認を取った。

「戦闘の途中、手持ちの呪具を使い、いくつかの呪いを掛けてみましたが、効果がありました。その場で解呪できないことから、身体の作りは人族と変わりなく、呪いなどの攻撃は有効かと」

デーモンロードは考える。戦いは相手より実力が勝っていれば有利。事前に呪いを掛けて動きを鈍らせてしまえば力を半減させられる。

次にどうするべきか悩んでいると……。

「恐れながら、私に十三魔将数人を御貸しください。やつには近接攻撃しかありません。呪いを掛け、十三魔将が数人同時に襲い掛かれば防げる道理はありません」

必勝の策に十三魔将の一人は胸をドンと叩いて見せた。

『いや、六人でかかれ。聖杯の件もあるからな、用心するに越したことはない』

あまりの慎重さに十三魔将の一人は目を大きく開くと、

「かしこまりました。この十三魔将【支配のドゲウ】、必ずや期待に応えて見せます」

★

エルト様の隣に立ち剣を振る。クラーケンの脚を切り飛ばすたびにエルト様から褒められて嬉しそうな顔をする。

私はこんな姉をこれまで見たことがなかった。

かつての記憶が蘇る。

モンスターに襲われ、姉と二人で森に置き去りにされた日のことを。

あのとき、私は泣くことしかできず姉に守ってもらった。

モンスターは姉と、騒ぎを見て駆けつけてきた騎士たちが退治したらしいが、私は気絶していた上、前後の記憶が曖昧だったので覚えていない。

ただ、優しく抱きしめてくれた姉の温もりは覚えている。

だが、あの日以来、私と姉の関係は変わってしまった。

姉は剣を手に激しい修練を開始した。まるで何かに焦るように剣をふるう姉。私はそんな姉が心配で見ていたのだが、目を逸らされる。姉の態度の急変に、私は戸惑いを覚えた。

あの事件からしばらくすると、私は次第に塞ぎこむようになり、心にぽっかりと開いた穴を埋めるように勉強に打ち込んだ。

そして今から半年前、父と姉に呼び出された私は、急遽グロリザルへと留学するように命じられた。

五章

「ん、もう朝か？」

瞳に差し込む日差しが眩しく、俺は片手でそれを遮った。

「呪いの後遺症か？」

先日、クラーケンを討伐した際に呪いを受けたせいか、普段と比べて頭がぼーっとする。

教会に運び込まれてアリシアを含む神官に解呪してもらったのだが、一体誰がそんな呪いをかけたのかについては最後までわからなかった。

「それにしても体まで重たいような……」

まるで何かにのしかかられているような、俺は頭をあげ上体を起こそうとする。

「なるほど、重たいわけだ」

視界に飛び込んできたのはウサギの耳だった。声に反応したのかピクピクと動いている。

「おいマリー。俺の身体をベッドにするなと言っているだろう」

瘴気によるダメージを受けたエリバン兵たちの、治療を終えたと連絡があったのは先日のこと。

自分の仕事を終えたマリーは合流すると言っていたのだが、どうやら無事に到着したらしい。

「ふわぁ、一日中飛んできたので疲れたのです。まだ動きたくないのです」

あくびをするとよじ登って頬をよせてくる。頬にもちもちした感触が伝わり、マリーがここぞとばかりに強く抱き着いてきた。

「俺は起き上がりたいんだけど……」

マリーなりの甘え方なのだろうが、ずっと寝ているとセレナやアリシアが様子を見に来るだろう。

「久しぶりの御主人様との触れ合いなのです。駄目ですか？」

顔を合わせると小動物を思わせるような瞳を向けてきた。久しぶりなのは俺が命令をして兵士たちの世話をさせたせいもある。マリーは俺の大切な精霊だ。本人の望みをある程度叶えてやるべきだろう。

俺は溜息を吐くと……。

「もう少しだけだからな」

「えへへへ、御主人様大好きなのです」

耳元でマリーの弾んだ声が聞こえた。

「まさか、あそこにクラーケンが出るとはな。エルトたちじゃないと大きな犠牲が発生していた。申し訳ない。討伐してくれて感謝する」

食事を終えて会議室を訪れると、レオンから頭を下げられた。

「いや、モンスターが現れたのは仕方ないですよ」

そう言いつつも、俺は探るように会議室にいるメンバーを見渡してみる。

先日と同じ、司会の位置には宰相さんが、向かいの席にはレオンと財務大臣。それにシャーリーさんが座っている。特に表情に変化はなく普段通りの様子で会議に備えている。

「と、ところでエルト。その……お前の後ろにいる女の子なんだが……」

そういえばレオンは精霊使いだったな。俺の後ろに浮かんでいるマリーが見えるようだ。

「レオン様？　何をおっしゃっているのですか？」

シャーリーさんが首を傾げて見せた。

「ああ、こいつは風の精霊王のマリーです」

「か、風の精霊王だと!?」

レオンの目が大きく見開いた。

「マリー、姿を見せてやれ」

「はいなのです」

「宙に少女が……浮いて……いる……!?」

シャーリーさんの驚いた声が聞こえる。

「まさか規格外だとは思っていたが、精霊王とまで契約しているなんて……」

「邪神を倒せるわけですね」

レオンとシャーリーさんの感想が聞こえる。もっとも、邪神を倒したときにはまだマリーと契約していなかったのだが。

それから二人に色々質問をされたのだが、その間にアリスやローラも現れたので会議を開始した。


「ゲスイ公爵はいらっしゃらないの？」

グロリザル側に空席があった。思い出してみればゲスイ公爵が座っていた場所だ。

「そのことについてなんだが、今から説明しよう」

レオンは咳ばらいをすると皆を見渡した。

「ひとまずアリスの提案通り、予算を組みなおしてイルクーツ側へ正式に書類を提出させてもらった」

前回の会議で、周辺国に気取られないように食糧を調達するルートを提案し、買い付けにかかる費用を捻出することになった。どうやらその報告らしい。

「一つ問題があってだな、必要な作物の量の七割までしか確保できないようでな……」

「昨今のグロリザルの財務状況であれば余裕があるかと推察していたのですが……？」

ローラはイルクーツだけではなくグロリザルの財務状況まで把握しているらしい。財務大臣がぎょっとした顔でローラを見ている。

「それなんだが、身内の恥を晒すようで言いたくないが、ゲスイ公爵が公的資金を私腹を肥やすために使っていたのが発覚したんだ」

「この非常事態に何やってるのよ！」

「お姉様。落ち着いてください」

アリスがテーブルを叩いて立ち上がり、ローラがそれを諫めた。

「どうりで強引に話を進めようとしていたわけです。恐らく使い込んだ金を誤魔化すために自分の息がかかった商人を間に挟むつもりだったのですね？」

前回の会議からどうにもおかしいと思っていた。恐らく賄賂を受け取っていたのだろう。

「その件が発覚してだな、ゲスイ公爵は余罪がないか取り調べをしている最中で、この場にいないんだ」

「問題は足りない分をどうするか、ですね？　何か方法は思いつかれているのですか？」

ゲスイを責めている時間が惜しいとばかりに、ローラは冷静に今しなければならないことを確認した。

「考え付くのは国民への食糧供給量に制限を設けることぐらいだな。加えて市場に監視を置き、不当に価格を釣り上げる商人がいないか見張るしかない」

「恐らくそれでは一割削減できれば良い方です。そうなった場合、貧しい人々の中から餓死者が出ます」

ローラはペン先を口元にあてるとグロリザルの未来に対し憂いを見せた。

「それなら、うちの取り分を調整すればいいわ。友好国の弱体化は見過ごせないから——」

「いや、ここでの譲歩は明確な【貸し】になる。あくまで対等な関係を崩したくないんだ」

アリスが仕入れに関わる経費を抑えることで残りの二割を埋めようと提案するが、レオンは首を縦に振らない。

「生産を強化するというのはどうです？」

二人が黙り込んだタイミングでローラが口を挟む。

「というと？」

「現在の季節は秋ですが、グロリザルの気候は真夏に近いです。今苗を植えれば成長の早い作物ならば間に合うのではないでしょうか？」

ローラの提案は今から作物を育て始め、足りない食糧を補おうというもの。

「いや、ポテコを植えるにしても苗がない。種は保存してあるが、今から育て始めたところで冬になるだろう」

ポテコとは植えておくと短期間で増える作物だ。芽に毒があるが、保存も効くしそれなりに美味しいので庶民にとっては馴染み深い作物だ。

「それに、これから冬に備えて狩りもしなければならない。さらに、各地で異常気象が起こっているのでその原因究明のための調査も必要だ」

兵士や国民も冬備えがあるので割ける人員が少ないのだ。

「そうなると手詰まりじゃない！」

アリスが呆れた声を出す。

「いえ……」

ローラが何かを言いかけて口を噤んだ。

「ローラ、何か案があるの？」

アリスがローラに声を掛けた。

俺がローラを見ると彼女も俺と目を合わせる。瞳を揺らがせ、何かに耐えるように震えると、口元をきゅっと結び俯いてしまう。

その様子を一部始終見ていたので、俺は彼女が何を考えていたのかはっきりわかった。

「ようするに、作物の収穫が間に合わないのが問題なんだよな？」

俺はアリスとレオンの話に入っていく。

「ああ、その通りだ」

「何かアイデアでもあるの？」

二人の視線が俺に向く。ローラはばっと顔を上げると驚いて俺を見た。

「ああ、俺の農業スキルなら何とかできるとおもう」

「どういうことなの。エルト君？」

この話はまだ誰にもしていない。気付いたのは最近だし、まだ練習をしている最中だったからだ。俺は皆を見渡すと口を開く。

「俺の農業スキルは触れた植物の成長を促進できるんだ」

「「「なっ……！」」」

三人の驚き声が重なった。


「本当にできるのか？」

レオンから疑問の声があがる。

テーブルには種が入った袋と、土が盛られた鉢が置かれている。

「そんなの農業の神と呼ばれたファクト様でも聞いたことがないわ」

過去に農業スキルをＬｖ９まで上げた人物がいる。ファクトという名で農業に関わる者は皆崇拝している伝説の農夫だ。

「まあ、とりあえず言葉よりもやって見せた方が早いだろ」

俺は種をつまむと魔力を込める。エリバン王国で修練を始めて今日まで一日たりとも欠かさなかった魔力訓練。

『なかなかスムーズに魔力が流れるようになっているのです』

俺に魔力操作を教えたマリーが後ろで頷いている。

「何よ、やっぱり何も起きないじゃ……」

「お姉様、静かに」

アリスに注意をするとローラは真剣に種を見ていた。すると種が白く輝き熱を発し始めた。

「ひ、光ってる。どういう現象なんだ?」

レオンが種を見て不思議そうな顔をした。

「俺の魔力を受けて活性化してるんですよ」

やがて魔力を注ぎ終えて発光が収まると、俺は種を土に埋める、セレナに頼んだ。

「セレナ。水を少し出してくれないか?」

「うん。わかった」

セレナは微精霊に命じるとぽたぽたと少量の水を鉢へと注いだ。

「本当に上手くいくのかしら?」

アリスの疑うような声が聞こえる。

「お姉様。あれを見てくださいっ!」

ローラがいち早く気付いたようだ。土が盛り上がってきた。

『御主人様。ここでさらに魔力を注げばより良い品質の花が咲くのです』

マリーが助言をし、俺は出てきた芽に触れる。

すると芽は勢いを増し、これまで以上の早さで成長していく。

やがて、つぼみができ、まもなく花が咲いた。

「ク、クリスタルガーベラだと……？」

レオンの驚く声が部屋に響き渡る。光が止むと、そこには明りを受けてキラキラと輝く透明な花が咲いていた。

「レオン様。どうして驚かれているのですか？」

シャーリーさんが首を傾げる。

「この種は恐らく何の変哲もないガーベラの種ですよね？」

ローラの問いにレオンは頷く。

「何百万本に一本。ガーベラの花を育てていると変異種が生まれることがあるのです。土壌が素晴らしく、行き届いた管理をしなければ絶対起きない奇跡なので、クリスタルガーベラが咲いた土地の土は高値で売れるとか」

「そ、それを狙って作ったというの？」

ローラの説明にアリスが目を大きく開く。

「まあ、ちょっとやりすぎたかな？」

途中、マリーがサポートしたため、練習のときよりも格段に魔力を注ぎ込めたようだ。

結果を見ると驚きだが、毎回これだけ魔力を込めるのはきつい。

「でもエルトの農業スキルって確かレベル2だったよね？」

アリシアがもっともな疑問を浮かべる。

周囲の人間の視線が俺に突き刺さる。俺は皆に向き直ると言った。

「ああ。邪神を討伐したときにスキルレベルが上がってな。今の俺の農業スキルはレベル10なんだ」

「「「…………」」」

その場の全員が黙り込んでしまった。

「と、とにかくだ。これなら食糧問題は一気に解決できるな。エルトにはここで苗を量産してもらって、出来上がり次第国の各所に運ぶ」

「ああ、それで構わないぞ」

急がなければたくさんの国民が飢え死にすると聞いているので、俺は即座に頷く。

「このことは口外しないように頼む。またエルトの評価が上がって大変なことになるからな」

「本当に。ここまでくると呆れちゃって笑うしかないわね」

レオンとアリスが苦笑いを浮かべる。

「そうは言われてもな、困っているようだからやっただけなんだが……」

結局、急ぎで準備をするということになり、その場は解散となった。

「エルト様。少々よろしいでしょうか？」

セレナとアリシアを伴って会議室を退室し、クリスタルガーベラの鉢をもって歩いていると、ローラが追いかけてきた。

「どうした？」

俺は振り向くと用件を聞くのだが、ローラはセレナとアリシアを見る。

「できれば二人でお話しさせていただきたいのですが……」

「うん、それじゃあアリシア。私たちはお茶でも飲みに行きましょう」

セレナは空気を読むとアリシアを連れて行く。すれ違う際に二人は目くばせをして合図を送ってきた。

ローラはホッとすると、俺の前に出て歩き始める。向かった先は城の庭園で、花々が綺麗に咲いていて心が落ち着く。

「それで話って？」

「エルト様はこの力を隠すべきだったのではないですか？　邪神討伐に加えてこのような力。たとえ私たちが口を噤んだとしてもいずれ世間に知れ渡ります」

どうやら俺の身を心配してくれているらしい。そんなローラに対し俺は一つ質問をした。

「逆に聞くが、ローラはなぜ俺の能力の話をしなかった？」

街で一度このスキルを見せている。俺のこの力があればグロリザルの問題を解決できると考えなかったわけがない。

「そ、それは……」

「以前、ピンクガーベラを復活させたことがあったからな。それでも言わなかったのは俺に遠慮したからだろ？」

ローラの表情が歪んでいたのは、多くを救うために俺という人間の意思を無視しなければならなかったから。

だからこそ、俺は自分でレオンやアリスにスキルのことを話したのだ。

「おっしゃる通りです。エルト様はただでさえ多くの力を有しています。今度のことでさらに大勢の人間がエルト様に注目することになります。人から注目されるというのは決して良いことばかりではありません。中にはエルト様を害そうとする人間もいるのですよ」

そう言って顔を歪ませる。俺は彼女の勘違いを正すことにした。

「ローラ、俺はそんな大した人間じゃないんだ。昔から人に認められたことはなかったし、本当に大切な人が生贄の候補に挙がったとき、止めることもできなかった」

鉢で咲いているクリスタルガーベラを撫でる。見ているだけで不思議と落ち着く。

「だけどな、邪神にこの身を捧げ、討伐したことで俺は多くの力を得たんだ」

当時を思い返してみる。

「セレナを助け、アリシアに泣かれ、多くの人が俺に関わってきてくれて気付いた。俺は多分誰かの役に立ちたかったんだよ」

素直な気持ちが自然と言葉になった。

「今この国では飢餓《きが》に怯える国民がいる。国力が落ちたら付け入るために戦争を仕掛けてくる国もあるらしい。たった一つの歯車が狂えば多くの人が不幸になるんだ。俺がそれを回避できる手段を持つというのなら隠すつもりはないよ」

自分のように両親を失って寂しい思いをする子供はいない方が良い。そう思ったのだが……。

「そんなことないですっ！　エルト様は素晴らしい人ですっ！　あなたが国のトップに立てばどれほどの国民が幸せになることかっ！」

ローラは見上げて目を合わせるとそう言った。

「ローラがもし俺のことをそう思ってくれているのなら、それはローラが優しい証拠だ。今思えばあのときのピンクガーベラはアリスのために買いに行ったんだろう？」

「そ、それは……」

俺の名前から正体を知っていたようだし、イルクーツとやり取りをしているのなら俺がアリスの傍にいることも知っていたはず。

一見するとアリスに対し距離を取ってはいるが、それらも素直になれないだけなのだと考えれば納得がいく。

「だから、この花はローラにこそふさわしいと思う」

俺はクリスタルガーベラが咲いている鉢をローラへと渡した。

「そ、そんな。受け取れません」

「前に花束をもらっただろ？　そのお返しだ」

「いえ、エルト様。あのような杖まで貸してもらっているのにこんなものまで……、私には過ぎた贈り物です」

クラーケンが現れたとき、咄嗟に渡した杖をローラは気に入っていた。なのでそのまま預けている。

ローラは鉢を押し返してきた。

「いいから。俺が持ってても枯らすだけだからな。遠慮せず受け取ってくれ」

有無を言わさぬように押し付けてやる。

「もう、強引です」

睨みつけてくるのだが、怖くはない。泳ぎ方を教えたお蔭か、ローラは時折こうした素の表情を見せてくれる。

「いいからいいから」

俺は、頬を膨らませて子供じみた態度をするローラの頭を撫でるのだった。

★

「お姉様はエルト様と結婚した方がよいです」

「唐突になによ、ローラ？」

部屋を訪ねてくるなりローラが口を開いた。

「さきほどの、あの方の力を見たでしょう？　あれは国家の均衡を簡単に崩すことができる力です。あの方をお姉様の婿としてイルクーツに迎え入れましょう」

ローラが他人をここまで褒めるのは初めてだ。興奮気味にエルト君について語る様子に私は気圧された。

確かに国力について考えるなら取り込んでしまうのが一番だ。彼とて年頃の男性だし、私たちの水着姿を見て照れていたのだから脈は十分にありそうだ。だが……。

「貴女は余計な口出しはしないでちょうだい」

私はアリシアとセレナの気持ちを知っている。あの二人と過ごした時間はそれほど長くはないが、一緒に旅をしている間に身分を超えた付き合いをしてきたので友人と思っている。

「どうしてです！　お姉様だってエルト様とはあんなに気が合ってるじゃないですか！　私はあんなに楽しそうにしているお姉様を見るのは十年ぶりです」

ズキリと胸が痛む。初めて剣を合わせたとき。デーモン襲撃のピンチから守ってもらったとき。一緒に釣りをしたとき。ダンスを踊ったとき。クラーケンに挑んだとき。蘇生のために人工呼吸をしたと言われたとき。思い返すだけでこの数カ月、私はエルト君と行動し様々な体験を共有してきた。

「あくまで彼と私は利害で繋がっている関係よ。そんな感情はないわ」

私は勝手な言葉を口にする妹に苛立ち、強い言葉をぶつける。

「もし彼に対し何らかの行動を起こすとすれば、それは父と——国王と相談してからよ」

ローラを納得させるために父の名を出す。話はこれで終わりとばかりに立ち上がる。

「あっ、どこに行くのです？」

「私も考えることがあるの、ちょっと散歩をしてきます」

これ以上ローラに追及をされたくなかった。私は急ぎドアへと向かうのだが、

「本当にエルト様を何とも思っていないのなら——」

最後にローラの悲しそうな声が耳に届いてしまう。

「——そんなに苦しそうな顔をしないで欲しいのに」

私は何一つ言い返すことができず、その場をあとにした。

★

「ふぅ、大分作業が進んだな」

あれから数日が経ち、俺はレオンに案内された部屋で鉢に種を植え続けていた。

一つの鉢に一つだけ。種を植えてしばらくすると芽が出てくる。水やりをマリーに任せて次から次に作業をこなし、ある程度の鉢が溜まったところで植物を外へ運び出してもらう。

その際に俺の姿を見られることはなく、また違う部屋で同様の作業を繰り返している。

俺が植えた作物はここグロリザル王都からひっきりなしに運ばれて行き、現地の畑に埋められている。既に根を張り始めすくすくと成長しているらしく、農業スキルを持つ人間がおおいに驚き「是非この苗を育てた人物を紹介して欲しい」と言っていると、レオンが面白そうに語ってきた。

「大きっくなーれー。大きっくなーれ。もゆもゆぴゅーん」

「なんだその珍妙な掛け声は？」

「さあ？　でも大昔に聞いたことがあるのです。植物を成長させるおまじないだった気がするのです」

「そんなの聞いたことがないけど……」

マリーは長い年月を生きている。きっと大昔に流行ったおまじないなのだろう。

「それにしても大分送り出したな」

最初積み上げられていた鉢はほぼなくなり、作業をしていた部屋には俺とマリーがいるだけとなった。

「御主人様。パーフェクトヒール随分使ったのです。大丈夫でしたか？」

そう言われて俺はステータスを確認してみる。

・パーフェクトヒール×90043

「ああ、このスキルで結構魔力使ったからな。でも、まだ残ってるし大丈夫だ」

何せ数が多い。パーフェクトヒールで魔力を回復させながら進めたのだが、結構な回数を消費してしまった。

道具を片付け、お湯を出して身体の汚れを拭き取る。本日の予定は終わらせたので部屋に戻るつもりなのだが……。

「マリー、今日も頼めるか？」

「お任せくださいなのです。御主人様に代わってばっちり覗いてくるのですよ」

「言い方に気を付けてくれ」

グロリザルに到着してからというもの、俺は妙な視線を感じることがあった。

最初は有名になったせいで好奇の視線を向けられていると思ったのだが、先日のクラーケン襲撃や呪いの件から明確に害をなそうとしている存在がいることがわかった。

元々、気になっていた人物もいたのだが、俺が直接見張るわけにもいかず、これまで放置するしかなかった。

「あまり遅くならないようにな」

だが、風の精霊王であるマリーならば姿を消した状態で見張ることができる。

「はいなのです」

宙に浮かぶと、マリーは壁を抜けて部屋を出て行った。

「それでは本日の会議を始めさせていただきます」

宰相さんの声で会議が始まる。

俺はグロリザル側の参加メンバーを確認していると、シャーリーさんに目を向けた。

彼女は不穏な気配を出しながら、書類に目を落としている。

「以前より懸念していました食糧事情については、エルト様の能力のお蔭で目途がたつようになりました」

「エルトが一週間かけて苗を育てたからだね。良かった」

アリシアは自分が褒められたことのように嬉しそうな顔をする。

この一週間、俺は寝る時間以外ずっと作業をしていたので、成果を得ることができて嬉しい。

「そのせいもあってか、ちょっかいをかけようとしていた諸外国の動きにも変化が見られるようですね」

ローラは相変わらず情報を集めているようで、どうやって調べたのか周辺国の動きについて触れてきた。

自信を持つことで誰が相手でも意見をできるようになったローラ、ふと俺の視線を感じたのか目が合うと言葉が乱れる。恥ずかしそうにしていることから、克服するにはまだ時間が必要なようだ。

「重大な問題が二つ片付いたことで、ようやく国外を気にする必要がなくなった。今後は異常気象の解消に専念しようと思っている」

そもそもの原因は、この時期になっても下がらない気温なのだ。本来であれば秋に差し掛かった頃で、グロリザルはどちらかといえば寒気で雪が降り始めてもおかしくない時期だ。

だというのに会議の参加者は全員薄着をしている。

海水浴を行ったのが今から二週間ほど前なので、話に聞くグロリザルの気候の推移を考えるともっと涼しくなっていてもおかしくない。

「これまでは作物を良く育てるために放置していましたが、そろそろ気候を整えていかなければならないと思います」

ローラの説明に皆が頷く。今までは植えた苗を育てるために必要だったが、今後は適切な季節に気候を合わせる必要がある。

「何か手掛かりはあるの？」

アリスが疑問を口にすると、レオンが頷いた。

「その件についてだが、我が国も遊んでいたわけではない。各地に調査員を出し、学者に文献を調べさせた。シャーリー」

レオンはシャーリーさんに指示を出した。

「はい。こちらの文献に書かれています通り、元々この国は建国当時極寒の地で人が住むことができなかったようです」

「それにしては随分と発展しているようですね」

ローラの言葉にシャーリーさんは頷く。

「この城の東西に存在している塔はわかりますか？」

以前城の壁に登ったときに見た塔を思い出す。確か……。

「東にあるのがポルックスの塔で、西がカストルの塔でしたっけ？」

俺が答えるとシャーリーさんは頷いた。

「実はあれは古代文明が建造した塔で、大規模な魔導装置なのです」

「魔導装置⁉　あの規模のですか⁉」

ローラの目の色が変わった。どうやら興味があるようだ。

「気候を操るための古代の遺物《アーティファクト》が設置されており、そちらを動かすことで人が暮らせる環境になったとか」

「古代の遺物《アーティファクト》と言えば古代文明の魔導具の中でも、特に強力なアイテムです。なるほど、グロリザル王国は代々その古代の遺物《アーティファクト》を管理することで、この極寒の地に王国を築いたということですね？」

多弁になったローラはまくしたてるようにレオンたちを問うた。

「つまり、その装置が何らかの誤作動を起こしていることが今回の異常気象の原因と考えていいんですか？」

「ああ、俺たちはそう考えている」

レオンは机に肘をつくと掌を上に向けた。

「これから、二つの塔に人を派遣して状況を確認しなければならないわけなのですが……」

シャーリーさんはそこで言葉を切り、俺たちを見た。

「何か問題があるんですか？」

苦い顔をするレオンに俺は問いかけた。

「古代文明の遺跡というのは未だに全容が解明されていない。この国でその手のものに詳しい人間は少ない。一人いるにはいるんだが、高齢で連れていけないんだ」

レオンは苦笑するとそう言った。

「塔の構造自体は王家に伝えられているのですが、原因を探るとなると古代文字を読める人間が最低二人は必要になりますね」

古代文明の文字を読み解くということは特殊な知識が必要ということか。シャーリーさんが補足する。

「それでしたら私は読むことができますよ」

ローラは右手を自分の胸に当て名乗り出る。

「ローラ、あなた何を……？」

アリスが困惑してローラを見る。

「流石に、他国の王族を頼るわけにはいかない。塔には危険な罠やモンスターが湧き出す」

さきほど躊躇った理由がわかった。確かに高齢の人物をそんな場所に連れていくわけにはいかない。

「ならばエルト様に護衛をお願いできないでしょうか？　邪神殺しの英雄が護衛なら安心できるはずです」

ローラと視線が合う。彼女は強い意志の籠った瞳で俺を見てきた。

「駄目に決まっているでしょ！　危険な場所にあなたを向かわせるわけにはいかないわ」

アリスは眉間に皺を寄せて反対した。

「でも、お姉様もここに来るまでエルト様に守っていただいたのですよね？　少ない護衛での移動も危険が伴うものだったのではないですか？」

「そ、それは……そうだけど……」

アリスと目が合ったが逸らされる。まさか自分がとった行動を持ち出されてしまうとは思わなかったようだ。彼女は唇を噛むと押し黙った。

「俺は別に構わないぞ。元々興味があった場所だし」

「誰かが行かなければいけないんだ。ローラは自分にしかできないことをやるために勇気を出した。なら俺はそのサポートをしてやりたい」

出会った当時はゲスイ相手に怯えていた彼女が、主張するようになった原因は俺にもある。

アリスは俺とローラを交互に見る。ローラがどうやっても折れないと考えると溜息を吐き、

「わかったわ。私も行く」

真剣な表情を浮かべると、そう口にした。

「勝手に決めやがって。だが、本当に人手が足りないんだ。すまないがお願いできるか？」

レオンは俺たちに頭を下げた。

「もう一つの塔についてはどうするつもりですか？」

片方だけでは解決しない。俺がレオンに聞いてみると、

「一応俺も古代文字に関しては多少学んでいるからな。あまり自信がないが仕方ないだろう」

本来なら国の王子が行くべきではないのだが、さきほども言ったように事情が事情だ。俺がそんな風に思っていると、シャーリーさんが発言した。

「これは私の憶測なのですが、風の精霊王様はもしかすると古代文字が読めるのではないでしょうか？」

「どうなんだ、マリー？」

「ほぇ？　もちろん読めるのですよ？」

特に気負うことなく答えながら宙に浮かんでいる。

「でしたら精霊王様に同行いただけないでしょうか？」

シャーリーさんは必死な様子でそう告げてきた。俺はその様子を見ると、

「わかりました。だけど、一人で行かせるわけにはいかないな……」

マリーは放っておくと何かやらかす可能性がある。俺が首を傾げて考えていると、

「でしたらセレナ様とアリシア様も御一緒にいかがでしょうか？」

「えっ？」

「私たちも？」

突然名前を呼ばれて面を食らう二人。

「古代文明の遺跡には魔法を利用した仕掛けがあることが多いです。私たちの方にも魔法の扱いに長けた人材がいた方が良いかと思われますが……」

しばらく彼女と目を合わせる。その瞳には何らかの意志が映っている。俺はシャーリーさんの提案に乗ることにした。

「……そうだな、そっちに万が一があったら困る。治癒魔法の使い手やマリーのお目付け役は必要だろう」

「マリーは別に普通にしているのですよ？」

エリバンでもやらかしているので説得力がないのだが……。

「エルトにそう言われたら仕方ないわね……」

「私も、そういうことならいいよ」

セレナもアリシアも納得してくれた。

「よし、それじゃあこの布陣で行動することにする。準備ができ次第出発。異常気象を解決してこの国を救ってくれ」

話がまとまったのでレオンが音頭を取り、その場が解散となる。

ローラとアリスは話があるのか二人連れだって出ていった。俺はアリシアに近付くと、彼女だけに聞こえるように耳元で囁いた。

「悪いけど、今夜部屋にきてくれないか？」

「え、えっ⁉」

取り乱し、目を左右に激しく動かすアリシア。

「頼む。出発する前にどうしてもしておきたいんだ」

アリシアの肩を抱き、顔を覗き込む。

「わ、わかった。エルトがそこまで言うなら行くよ」

彼女は顔を赤くしながら激しく首を縦に振った。

六章

「例の計画ですが、エルトを誘い出すことに成功しました」

実際、今回のドゲウは大きく動いた。計算外の敵戦力を削ぐために色々発言してみせた。

『良くやった！』

デーモンロードは珍しくドゲウにねぎらいの言葉を送る。

「つきましてはそれで、他の十三魔将への命令をお願いしたいのですが……」

ドゲウは跪くといやらしい笑みを浮かべる。同格である他の十三魔将が一時的とはいえ自分の下につくことになるからだ。

『周辺国に潜伏している十三魔将には既にグロリザルに向かうように命じておる』

グロリザルの諸外国問題が解決したのは暗躍していた十三魔将がなりをひそめたからだった。

「素晴らしい。十三魔将がこれだけの人数で行動するなど、これまでの歴史ではありません」

アークデーモンは一国を武力で滅ぼせると言われている。それが一国に集中し、自分の指揮下に入るというのだからドゲウは興奮を隠しきれない。

「ふふふ、グロリザルにいる間、徹底的に弱点を洗い出されたとは思うまいよ」

エルトが使う武器とスキルは既に把握している。そのほかにも相手の戦力を削ぐための策を張り巡らせてあるのだ。

『ドゲウよ、これも持っていけ』

そんなことを考えていると、デーモンロードはあるアイテムをドゲウに渡してきた。

「こ、これはっ！　よろしいのですか？」

それは聖杯と対をなすアイテムだった。

『エルトを討伐した暁には四闘魔の一人に貴様を加えるとしよう』

「その言葉、何よりの励み。このドゲウ、間違いなく命令を遂行してみせましょう」

野望を胸に抱き、ドゲウは歩き出した。

★

「別に後ろに座っていても良かったんだぞ？」

御者台に座り、馬車を動かしながら俺は隣のローラを見る。

「いつも中からの景色しか見られなかったので、こういう機会に見ておきたかったのです」

ローラはそう言うと景色を眺めた。

「ローラ、あまりエルト君の邪魔をしたらだめよ」

車内からアリスの声がする。

「別に邪魔していませんから」

ローラはむっとすると言い返した。何があったのか知らないが、気まずい雰囲気が流れる。

ふとローラの胸元を見ると輝く何かが目に入った。

「それ、クリスタルガーベラか？」

「ええ、加工してもらって首から下げているんです」

彼女は掌に花を乗せると見せてきた。

「エルト様からの贈り物ですから。大事にしています」

「なっ！　エルト君。クリスタルガーベラを贈ったの？」

「なんですか、お姉様。大声なんて出して」

「だ、だって……それ、意味知ってるの？」

アリスに言われて首を傾げる。

農業に携わる者として、植物の由来にはそこそこ自信がある。

クリスタルガーベラにも花言葉があるのだが、アリスが驚くようなものではなかった気がする。

「ふふふ、エルト様は知らないと思います。花言葉ではなく、女性の間で流行っている物語に出てくるシーンの一つですから」

その言葉からしてローラとアリスは認識しているらしい。俺は、どのような意味が込められた花を贈ってしまったのか考えていると、マリーから念話で通信が入った。

『御主人様。こっちも出発したのですよ』

遠距離を通信する魔導具がなくても手軽に意思の疎通ができるのは便利だ。これのお蔭でエリバンに留まっているマリーとやり取りをできた。

(そうか、とりあえず道中にも何か仕掛けてくるかもしれないから注意しておいてくれ)

『わかっているのです。片時も目を離さないのですよ』

珍しくやる気をみなぎらせているマリーの声に俺は感心する。

『むむっ！』

(どうした？　何か問題でも起きたか？)

『お菓子が出されたのでマリーは黙るのです』

その言葉に苦笑いが浮かぶ。

(セレナにあまり迷惑を掛けるんじゃないぞ？)

事情を話して説得したセレナの顔が浮かぶ。

『善処するのです。それではまた通信するのです』

その一言でマリーからの通話が途絶えた。あちらは和気あいあいとしている様子だ。

俺は振り返るとアリスを見る。彼女は馬車の中で本を読んで静かにしている。

クラーケンとの戦闘以降、彼女とあまり話せていない。時折視線を感じて目が合うのだが、俺が見ているとわかるとすぐに視線を逸らしてしまう。

「お姉様が気になりますか?」

ローラはそう言うと、俺を見てフフフと笑った。

「いや、別にそんなことはないけど……」

俺はその質問を流すと溜息を吐き、前を向くのだった。


「あれが何かわかるか?」

俺は隣に座ったローラに確認する。

全長数十メートルに及ぶ銀の鱗を持つ巨大な蛇が二匹、五メートルほどの高さから俺たちの馬車を見下ろしていた。鋭い牙が生えた口周りは大きく、成人の男ぐらいなら丸飲みしてしまいそうだ。

「シルバーサーペントです。ミスリルと同等の硬度を持つ鱗が特徴で、牙に猛毒があります。噛まれてしまうと、上級解毒ポーションか解毒魔法でも使わない限り、数分後には命を失います」

ローラの説明にぞっとする。俺のパーフェクトヒールも絶対ではない。死ぬ前に使えれば良いが、治療が間に合わないこともありえる。

「ローラ、魔法で障壁を貼ってくれないか? 馬車を壊されると困る」

何せ、グロリザル王国から借りた高級馬車なのだ。壊してしまうとレオンに悪い。

「わかりました。モンスターが入ってこられない強力なのを張ります」

ローラの持つ杖の先端にある宝玉が輝く。

彼女が持っているのは【神杖ウォールブレス】。効果は、使用する魔法の威力増幅と必要魔力の減少。流石は邪神が装備していただけはある。桁違いの性能で、ローラとの相性も良い。

彼女が魔力障壁を張れば並みのモンスターでは破ることはできないだろう。

「さて、あとはこいつで倒してくるか」

俺は神剣ボルムンクを抜くと馬車から降りた。

「待って、エルト君」

馬車からアリスが降りてくる。

「私も手伝うわ」

剣を抜くと隣へと立つ。

「わかった、でも油断するなよ？」

俺がそう言うと、アリスは剣を抜きモンスターへと近付いていく。どうやらそちらを自分の討伐相手と認めたようだ。

「来なさい。私が相手よ！」

俺は自分の相手を牽制しながらアリスの様子を窺う。

「シャアアアアアアアアアアア‼」

言葉がわかるのか、シルバーサーペントはアリスを敵と認識したらしい。牙を剝き出しにしながら叫び声をあげて彼女を威嚇すると、身体を揺らし始めた。

長く大きな身体が前後に揺れる。その動きは決して速くないのだが、タイミングを取っているようで不気味に映った。

シルバーサーペントとアリスの間で緊張感が高まる。アリスの頬を汗が伝い、その雫が地面へと落ちると、

「お姉様⁉」

ローラの悲鳴が聞こえる。

恐ろしく速い突撃だった。シルバーサーペントは全身のバネを利用し上から覆いかぶさる。

次の瞬間、鋭い牙が地面を抉り、モンスターの背中あたりでギイーンと金属がぶつかるような音がした。

「シャアアアアアアアアアアアアアアア」

痛みを感じたのか、シルバーサーペントが口を開き暴れると液体が降り注ぐ。

液体はローラが張った防壁に触れるとジュウと音を立てた。

「アリス、そいつの毒は危険だ」

俺は飛来する毒液を風で吹き飛ばす。

アリスは自分に飛んでくる毒液を避け、躱せないと判断したものに関しては剣で受けていた。

「とっととかかってきなさい！」

アリスは俺の声が聞こえないのか、シルバーサーペントを挑発した。

これまでのアリスと違い、ゆっくりとした動きでモンスターに近付く。シルバーサーペントはアリスの動きを目で追うと、揺れ動くアリスの隙を窺っている。ゆらゆら動くアリスが止まる一瞬。それを見逃さず攻撃を仕掛けると、今度こそアリスがいた場所を貫いた。

まるで陽炎のようにシルバーサーペントの顔がアリスをすり抜ける。最小の動きで躱しているので、傍から見るとすり抜けたように映るのだ。

アリスの動きは素晴らしく、シルバーサーペントを相手に圧倒していた。

徐々に小さな傷が蓄積され、敵の動きが鈍り始める。

「ジャアアアアアアアアアアアアアアアアアアアアアア」

その瞬間、モンスターの身体が変化した。銀の鱗の色が青白く変化した。

「狂暴化しましたっ！　お姉様っ！　気を付けてくださいっ！　死に物狂いになったのでこれまでの数倍の強さになりますっ！」

ローラが叫び、アリスに忠告をした。

強いモンスターの中には死の淵で覚醒するものがいる。シルバーサーペントはさきほどと比べ物にならない威圧感を発していた。

「お姉様引いてくださいっ！　ここは私の魔法で仕留めます」

突如変化した動きを無傷で切り抜けるのは厳しい。俺は自分の敵を倒し、援護に向かおうとするのだが……。

「大丈夫だからっ！　ローラは馬車の結界に集中しなさいっ！」

頑なにローラの援護をアリスは拒否した。

「何を意地張っているんですかっ！　今はモンスターを倒すのが最優先ですっ！」

万が一アリスが噛まれた場合を想像したのか、ローラは顔を青くしてアリスに呼び掛けた。

「これで、とどめよっ！」

ローラの制止を無視するとアリスは剣を構えて突っ込んだ。シルバーサーペントが上から襲い掛かる。自分の重さを利用してアリスを押しつぶすつもりのようだ。

「お姉様‼」

ローラの叫び声が聞こえる。

シルバーサーペントの胴が迫り、アリスを巻き込もうとした瞬間。彼女は身体を捻り、

「こんのおおおおおおおおおおおおおおーー‼‼」

回転を利用して剣を振った。

「やった！」

目の前でシルバーサーペントが真っ二つになっていく。俺はほっと息を吐くとアリスに怪我がないか確認のため駆け寄った。

★

「一体どういうつもりだっ！」

ドゲウの怒鳴り声が鳴り響いた。

「一体何を怒っているドゲウ？」

十三魔将が一人【波動のオロス】は自身の身体から微細な振動を放ち、近くにある物をチリへと変えている。

「とぼけおって！　さきほどのシルバーサーペントは貴様の差し金であろう」

本来ならば、エルトたち一行をカストルの塔で仕留めるつもりで準備をしていた。だというのに、予定にない場所にモンスターが配置されていたのだ。

「たまたまあそこにいただけでしょう。流石に野生のモンスターが暴れるのまでは仕方ないではないかと」

同じく十三魔将が一人【謀略のガープ】は白々しく言い放った。

ドゲウが睨みつけるが、その場にいる十三魔将は誰一人として気にしない。

「それにしても、噂に聞いていたのより強いじゃねえか。あの剣士の女の方が俺は結構好みだぜ」

【魔炎のキマリ】が炎を吐くと周囲の温度が急速に上昇し岩が炭へと変わった。

「良いか貴様ら。聖人エルト打倒はロードから命令された最重要任務。万に一つも失敗は許されぬのだぞ」

「それこそ貴様に言われるまでもない。私は強い男がいると聞いてこの地にはせ参じた。どのような相手であろうが殺してみせる」

【鮮血のシャックス】が殺気を放つと、周囲が騒がしくなり、生物が一斉に逃げ去った。

「馬鹿なことを言うなっ！　貴様らは私の指示だけを聞いておればよいのだ！」

あまりにもまとまりのない十三魔将たちにドゲウは憎悪の視線を向けた。

「かのターゲットを倒したデーモンが四闘魔に昇格する。当然チャンスは平等に与えられるべきですよね？」

「なっ！」

【道化のセイル】がそう言うと、他の十三魔将もそれに同意したのか気配が変わった。

「まあ、俺たちは俺たちで好きにやらせてもらうからよ。先に塔で待ってるぜ」

制御を失った十三魔将。ドゲウは拳を握り締めると……。

「相手の力量も測れぬ愚物どもがっ！」

誰もいなくなった場所で怨嗟《えんさ》をまき散らすのだった。

★

「失礼、エルト様御一行ですか？」

「ええ、あなた方はこの塔の守衛さんですか？」

　マリーから『塔に到着したのです』と報告をもらってまもなく。俺たちは西の塔へと到着していた。

「そうです」

　俺は懐から封書を取り出すと守衛へと渡した。

「事前に来た兵士から連絡は受けています。こちらへどうぞ」

　レオンがしたためた手紙を検めた後、守衛は俺たちを案内する。

「塔に入る際、こちらをお使いください」

　入り口に着くと守衛は俺に何かを渡してきた。

「これはなんですか？」

　俺は首を傾げると受け取った物を見る。

「これはこの塔の地図です」

　俺は話を聞きながら地図を広げて見た。

「こちらは古代文明の頃から存在する塔です。中には様々な罠が仕掛けられておりますが、この地図の通りに進めば頂上までたどり着くことができます」

「それは助かります」

俺が興味深く地図を見ていると、

「私にも見せてください」

首の横からひょっこりとローラが顔を出した。

背中からローラがのし掛かってくる。

「順番に見ればいいだろう?」

苦笑する間にもローラの目は高速で動き、地図の細部を読みとっている。どうやら俺の声が聞こえていないらしい。凄い集中力だ。

「ローラ、あまりエルト君に迷惑をかけないで」

「邪魔などしていません。万が一を考えて地図を覚えているだけです」

「そんなにくっつく必要ないでしょうが!」

俺を挟むように言い争いが繰り広げられる。

「二人ともそこまでにしておけ」

俺は二人をたしなめると、

「これから古代文明の遺跡に入るんだからな」

目の前に立つ巨大な塔を見上げると、口元が緩むのだった。

★

「ローラ、あそこのでっぱりに石を落としてくれないか？　罠が発動した後で通路ができるらしい」

「はい、お任せください」

ローラは杖を掲げると魔法で石を造り出し、でっぱりに落とした。

目の前で天井が落ちてきて大きな揺れが発生する。ホコリが舞い上がったので、風の微精霊が気を利かせて吹き飛ばしてくれた。

「ケホッケホッ！　こんなの聞いてないわよっ！」

「目、目が痛いです」

離れていたアリスとローラはホコリを吸い込んでしまい、苦しそうにしている。

塔に入ってから数時間。俺たちは現在四度階段を登っていた。

入ってそうそうに壁から毒矢が出てくる罠や、下に鋭い刃が仕込まれた落とし穴などがあった。

かつてここで命を落とした人がいるという事実に、俺たちは手を合わせ黙祷した。

今回、俺たちがなんの危険もなく前に進めているのは、この塔を攻略するため犠牲になった人々がいたからだ。

「うー、汚れてしまいました。外に出て水浴びしたいです」

ローラはローブの汚れを手で払うと不満そうにする。

やがてホコリが収まり視界が良好になると、そこには新しい階段があった。

「罠に見せかけておいて実は進行ルートか。なかなか凝っているよな」

あからさまなでっぱりだったので、この罠を踏む人間はいなかったのだろう。

ここより上に向かうには偶然に頼る必要があったに違いない。

六階に上り、俺は足を止める。

「どうしたのですか、エルト様？」

俺はローラが前に出ないように手で制する。

目の前は細い通路になっている。地面はマス目ごとに異なる魔法陣が敷かれていて、一定の周期で色が変化している。

「この魔法陣は白く光っているときに踏まなければ転移させられる罠らしい。まずは俺が渡ってみるから二人は待っていてくれ」

一定の法則で色が変わる魔法陣を進む。俺は慎重に色を確認しながら次に踏むべき魔法陣を確認するのだが……。

「エルト様、何かきます！」

「何⁉」

突如大量のモンスターが飛んでくる。コウモリ型のモンスターで一匹ずつなら即座に斬り捨てるのだが、足場が悪く数が多いので自由に動けない。

「しまっ……！」

視界を塞がれバランスを崩してしまった。足元の赤い魔法陣が輝きを増している。

「エルト君っ！」

アリスが手を伸ばし叫んでいたが、視界が切り替わっていく。

俺は転移魔法陣を踏み、どこかへと飛ばされていくのだった。

★

伸ばした手のまま私は固まる。

「い、急いで追いかけないと！」

剣を構えると襲い掛かってきたコウモリ型のモンスターを斬り捨てる。流石のエルト君も足場が悪いと身動きが取れなかったようだが、ここでなら問題ない。

「無駄だと思います」

「それはどういう意味？」

妙に冷めたローラの態度に私は眉根を寄せる。

「私はあの地図をすべて記憶しています。ここの魔法陣は仲間を分断するための罠です。転移先はランダムになっているらしく、今から飛び込んだところで同じ場所に行けるかは運次第です」

あの短時間で地図の内容を記憶したということには今更驚かない。この子は昔から他人にはない優れた才能が備わっていたから。

エルト君と出会ってからというもの、妹は成長した。

これまでと違い、自信を持つことで自分の考えを言えるようになった。

「だったらどうするというの？」

そのエルト君が目の前でいなくなってしまい、私は焦っていた。

「エルト様なら平気です。強いですから。それに地図があれば頂上まで行けるルートもあります。それより私たちは前に進みましょう。目的地で待っていれば合流できると思いますから」

淡々と答えるローラ。妹はエルト君の無事をみじんも疑っていないようだ。

白の魔法陣をあっさりと踏み越えて向こう側の通路まで到達する。

「お姉様、早く行きましょう」

振り返るとローラはじっと私の方を見ていた。

「ここが頂上ですね」

杖で地面を突くとローラは興味深そうに周囲を見渡す。

あれから様々な罠を切り抜けてきたが、どこにどんな仕掛けがあるのか完全に把握しているローラのお蔭で危険は一切なかった。

「果たして、ここに何があるのか？」

会議の場では魔導装置が暴走しているのではないかと思われたが、特に異常は見られない。

私が周囲に不審な物がないか探っていると……。

「なるほど、これが魔導装置ですね？」

部屋の中を動き回ったローラは興味深そうに中央にある柱を見る。

「これは古代ルーン文字ですね」

「何なのそれは？」

「古代には魔法陣ではなくルーン文字という概念が存在しました。これは文字自体に魔法を起動させるための意味を持たせるというもので、正しい手順に従えば誰でも魔法を扱うことができます」

「読めるの？」

「全部は無理です。でも、ある程度の単語は読み取れます。なのでこのあたりを弄れば……」

何やら複雑な手順で柱に浮かぶ文字をなぞっていく。元々勉強を苦にせず、城にあるすべての書物を読み終えた妹に知識で勝てる者はいない。

「なるほど、そういうことですか。ならこうすれば……」

ローラは口元に笑みを浮かべると、楽しそうにルーン文字を弄り続けた。

挑むこと数十分。

「これで、おしまい、です！」

ローラが右手のひらを押し付けると柱が動き始めた。

――ゴゴゴゴゴ――

部屋全体が輝き、揺れている。しばらくすると振動が収まり、目の前の柱に空洞が現れた。

「これがこの塔が守ってきた秘密の古代の遺物《アーティファクト》ですね」

そこには一つの首飾りがあった。

近くにいるだけで恐ろしい力を感じる。

「手に取ってみても大丈夫でしょうか？　魔力を見たところ変な罠はなさそうですが……」

アゴに手を当て、慎重に観察している。迂闊に触れるのは危険と判断したようだ。

やがて危険がないと判断したのかローラが手を伸ばし、首飾りを手に取ろうとした瞬間、

『その【天帝の首飾り】はこちらでもらおう』

かすれたような声がした。

★

「わざわざ悪魔族のために封印を解いてくれるとはな」

「な、何者です！」

目の前には二人の少女が立っていた。イルクーツ王国の王女、アリスとローラだ。

アリスは剣を抜き放ち、困惑した表情を浮かべている。

「あなたは横領がばれて拘束されているはずでしょう？　どうしてここにいるのよ？　ゲスイ公爵！」

「どうしても何も、私がグロリザルに潜伏していた理由。それはそこの宝を手に入れるためだったからだよ」

柱に封印されている首飾りをギラついた目で見る。これは【天帝の首飾り】というアイテムで、ある魔導装置を起動するためのキーアイテムなのだ。

ロードが所望しており、元々、私の使命はグロリザルのこの塔の封印を解くことだった。

だが、潜入はできたものの装置の仕組みが解らず、封印を解くことができなかった。

色々と弄った結果、気候が崩れグロリザルにダメージを与えることができたので、計画を修正し周辺国を利用して国を滅ぼそうとしていたのだ。

「それにしても、計算外だったな」

私はローラを観察する。まさかここまで働いてくれるとは思わなかった。

最初はすぐに殺してしまおうかと思ったのだが、会話を聞き、この仕掛けを解くことができるというから泳がせたのだが、まさか本当にやり遂げるとは。

他の十三魔将にエルトを横から奪われて焦っていたが、このアイテムをロードに献上すれば手柄は自分のものになる。

「私はデーモンロードが直轄、悪魔族十三魔将が一人【支配のドゲウ】だ」

名乗るとアリスは大きく目を見開き、ますます警戒心を強めた。

「じゅ、十三魔将ですって⁉ どこからどう見ても人間じゃない⁉」

「いいえ、お姉様。高位の悪魔族は人間の姿になることもできるらしいです。生半可な手段では見破れないとか……」

驚くアリスに対し、ローラは杖を構えると油断なく私を見ている。

だが、気丈に振る舞ってはいるが、デーモンを前に負の感情は隠せない。二人からは恐怖の感情が滲み出ている。

「我ら十三魔将は既に各国に潜伏している。他の十三魔将が各国を煽ることで国家間の関係を悪化させ、戦争を引き起こす準備をしているのだ」

「そ、そんな企みを⁉」

アリスの表情が歪む。実に心地の良い感情が流れ込んでくる。真実を知ることで様々な感情が沸き起こる。それこそが最高の味付けとなる。

私が無垢な少女の恐怖という御馳走を味わっていると、ローラが話しかけてきた。

「それより聞き捨てならないことがあります。あなたは今これを【天帝の首飾り】と言いましたね？」

姉に比べて肝が据わっている。以前の会議とはまるで別人のような落ち着きようだ。

「それはある物語に出てくる古代の遺物《アーティファクト》です。まさか実在したのですか？」

どうやらこのアイテムの重要性に気付きつつあるようだ。流石にこれ以上の情報を与えるほどお人よしでもない。

「そこの封印が厄介でね。待っていたら貴様が開けてくれたのは嬉しい誤算だったぞ」

「別にあなたのために開けてあげたわけではありません。そういうことでしたら、これをあなたに渡すわけにはまいりませんね」

「ならば奪い取るまで！」

杖を向けてくるローラに対し、私は戦闘態勢をとった。

★

「くそ、ルートから外れてしまったな」

転移魔法陣が光り、若い男が現れる。今回ロードが討伐を指示した人族の【聖人】エルトだろう。

使い魔の誘導が成功したようで、邪魔な取り巻きはおらずエルトのみを連れてきたようだ。

「まあ、外れた場合のルートもあるから平気だろう。問題はあの二人が喧嘩しないかどうかだが……」

　仲間からはぐれたというのに自分の身を案じていないらしい。大した余裕だ。

「それでは、皆さん。ここからはこの謀略のガープの指示に従ってもらいますよ」

　放っておけばドゲウに抜け駆けされる。それを嫌った彼らに「手柄を分ける」と言葉巧みに誘導し、この状況を作ったのだ。

「とりあえず頂上を目指すか」

　エルトの足音が近づいてくる。

「そうはいかぬぞ？」

　手筈通り、鮮血のシャックスが前に出て道を塞いだ。

「ここが貴様の墓場となる」

　波動のオロスがエルトの左から、

「少しはできるようだが所詮は人族」

　魔炎のキマリが右から出てくる。

「我ら十三魔将とここで会ったが最後」

　道化のセイルが背後をつくと、

「誰の目にも留まらず消えゆく運命」

　この私、謀略のガープが一段高い位置から皆を見下ろした。

「どうやら懸念していたことが当たったみたいだな」

四方を十三魔将に囲まれながらもエルトは笑っていた。

「薄々感づいていたようですが、まさかこれほどの戦力を投入しているとは読めなかったようですね？」

無理もない、アークデーモン一体でも国を揺るがしかねない戦力なのだ。いくら要注意人物とはいえ、過剰戦力だ。

「これほどの戦力を投入したのは歴史上初めてだ。誇るが良い」

「とはいっても、デーモンに好かれても嬉しくないんだけどな」

エルトの軽口に付き合う必要はないだろう。

「ロードの栄光のため、ここで散ると良い」

その言葉を最後に戦闘が始まった。


「我が斧の一撃受けてみよっ！」

まず正面からシャックスが突進を開始した。

シャックスは十三魔将いちの怪力を有しており、自身の倍はあるであろう斧を軽々と扱っている。

エルトの情報は共有されている。遠距離攻撃がなく神剣さえ封じてしまえば大した脅威ではない。シャックスの一撃を避けるだろうが、バランスを崩すはず。その間に三方向から仕掛ける作戦だった。

――ガイィーーイイイン――

「な、なんだと⁉」

ところが、大方の予想と違い、シャックスの斧は弾かれてしまった。

「畳みかけるのです」

どうやら力を隠していたらしい。ドゲウの情報を修正しながら三将へと指示を出す。

「私の波動をくらえっ！【オロスウェイブ】」

「我が魔炎に焼かれよ！【ダークフレイム】」

「幻に囚われそのまま死ぬがよい！【ミラージュドリーム】」

三方向からの、それも魔将と呼ばれるアークデーモンの必殺技が放たれたのだ。確実にダメージを受ける。私は勝利を確信し笑みを浮かべるのだが……。

「【ストック】」

――シュインッ――

「「「「なっ⁉」」」」

その場にいる全員の声が重なった。

「い、一体何が……？」

目の前でそれぞれの必殺技が掻き消えたように見える。

「……イビルビーム」

「ぐわあああああああああああっ！」

鮮血のシャックスが悲鳴をあげ、腹に穴が空いている。

「ここまで温存した甲斐があったな」

エルトは不敵に笑うと私を見た。

「くっ！」

「ぐわっ！」

「馬鹿なっ！」

三条の黒い線が走ると波動のオロスも魔炎のキマリも道化のセイルも攻撃を受けて倒されてしまった。

我々の力など及びもしない、圧倒的な力がそこに存在していた。

「色々とこちらの弱点を探っている様子だったから対策してきたつもりだが、まさか真正面から仕掛けてくるとは思わなかった」

エルトが一歩踏み出し、私へと近付いてくる。

「とりあえず、お前には色々聞かせてもらわないとな」

「……ああわわああああっわわわわ」

虚空に浮かび上がる黒い波動。私は絶望的な力の前に立ち尽くすしかなかった。

★

「セイクリッドバニッシュ！」

光の太刀が飛びドゲウへと向かう。

『ダークブロウ』

だが、ドゲウの前に三本の黒い爪が現れると光を打ち砕きアリスへと向かった。

「お姉様危ないっ！　アースウォール！」

土が隆起してアリスの視界を塞ぐ。目の前の壁から音がしてヒビが入り、次の瞬間壁が弾けて爪が迫ってきた。アリスは咄嗟に横に飛ぶと爪を避ける。

「ライトニングセイバー！」

「くっ！」

続けてローラが放つ光の刃をドゲウは必死に避けた。

「フレアバースト！　アイシクルブリッド！　ウインドスラッシャー！」

多彩な魔法が恐ろしい精度で撃ちだされる。その攻撃を見たアリスはローラの底知れない力に驚愕を覚えた。

「ハァハァ、小癪《こしゃく》な小娘が」

ドゲウはローラを睨みつけると息を整えた。

「そんな太った身体で良く動けますね」

会議で会ったときと変わらぬ身体でアリスと斬りあって見せ、ローラの魔法を躱してみせた。見た目以上に機敏な動きにローラは驚いた。

「ですが、デーモンロード直轄の十三魔将だというから警戒しましたが、大したことありませんね。これなら私でも十分倒せます」

経験が足りず、攻めきれていないが徐々に感覚を掴みつつある。このまま攻め続ければ遠からず倒せる。そんな確信をローラは持っている。

「ローラ、今のうちに倒してしまいましょう」

だが、余裕を持つローラとは裏腹にアリスは緊迫した声を出した。

ドゲウの目の光は死んでいない。何か嫌な予感がしたからだ。

「おのれ、調子に乗りおって。借り物の身体でなければここまでてこずることはないのに」

「なんですって？」

「一つ教えておいてやる小娘。私には他のデーモンと違う特徴がある。それが何だかわかるか？」

「知りたくもありませんね」

時間稼ぎと判断したローラは魔力を練り上げ始める。アリスの言うように力を溜め、一撃で決着をつけようと考えた。

「それはな……」

「きゃあっ！」

「お姉様っ！」

一瞬の隙を突いてドゲウはアリスの背後へと回り込む。

「このように人間の身体を乗っ取ることで操れるのだ」

ドゲウから黒い霧のようなものが溢れ、アリスへと移っていく。

「あああああああああああ────────！！！」

「お姉様！！！！！　こいつっ！　今すぐにお姉様から離れなさいっ！」

呪い殺さんばかりの怒りの声をローラは発する。

ドゲウが崩れ落ち、アリスの周囲を黒いもやが囲む。

「ふふふ、まもなく憑依が完了する。一度憑依してしまえば、この娘を殺さぬ限り私を殺すことはできぬ」

「あああああああああああああああぁーー！！！」

必死に抗おうとアリスは堪える。だが、ドゲウの侵食が進むにつれて次第に声が聞こえなくなった。焦点を失った瞳が開き、手足の力が抜け垂れさがっている。

気が付けばもやがすべてアリスへと吸い込まれ、瞳に再び光がともった。

「そ、そんな……」

ローラは絶望し、杖を下げた。

「支配完了。これで貴様はもう何もできない」

姉の顔で、今まで向けられたことのない敵意の籠った瞳がローラを見据える。

「くっ！」

ローラは咄嗟に杖を構え、アリスを攻撃しようとするのだが、

「魔法でもなんでも撃ってくるといい。今なら私を消滅させることができるぞ……実の姉ごとなっ！」

撃ってこいと言わんばかりの態度にローラは魔法を解除した。

「ひ、卑怯者っ！　恥ずかしくないのですかっ！」

「心地よい。さきほどまでの高慢な態度に比べ、なんと美味なことか。これまで食ってきた感情の中で最高の御馳走だ。簡単には殺さぬぞ」

「くっ！」

ドゲウの言葉にローラは杖を構えた。

「さっきまでの勢いはどうしたっ！」

「きゃあっ！」

ドゲウが武器を振るとローラが吹き飛ばされる。

「い、今のはお姉様のロイヤルバッシュ。なんでお姉様の技まで……」

身体を震わせて起き上がろうとするが力が入らない。

「私は相手の記憶を読み取ることができ、経験もそのままものにできるのだ。グロリザルで対話したときの私はゲスイの記憶を読み取って会話をしていたのだ。違和感はなかっただろう？」

ローラは唇を噛む。

「そういえばこの娘、お前のことを疎んでいるようだな」

「えっ？」

突然告げられるドゲウの言葉にローラはショックを受けた。

「十年前の事件のせいか。街の外で大量のモンスターに遭遇したおぬしら姉妹は護衛に見放されて森に置き去りにされたな？」

ドゲウはアリスの記憶を読み取り続ける。

「あの日、お前は自分が何をしたのか覚えていないようだが、馬車を囲んでいたモンスターを倒したのはこの娘ではない。お前だったのだ」

「そんな……あれはお姉様が……」

「守ろうとしていた妹に逆に助けられてしまい、この娘のプライドは傷ついた。それ以来だな、妹に負けないように剣を握るようになったのは」

それはローラが初めて知るアリスの気持ちだった。あの日、自分が不甲斐ないばかりに姉に迷惑を掛け、結果として疎遠になったと思っていた。

「う、嘘です‼　でたらめです！」

だが、実際は違った。ローラは目に涙を浮かべるとドゲウの言葉を否定した。

「嘘じゃないさ。ほかにも面白い記憶があるな。この娘はお前の存在を疎ましく思ったのか、お前の意思を確認せず、父親に留学させるように訴えていたようだぞ」

「や、やめてっ！！！」

姉の声でそのような言葉を発せられるのがローラには我慢できなかった。

「記憶を探ったお蔭で英雄の能力もわかった」

それはアリスが恐れていた事実。奇しくも助言した本人からエルトの能力が敵へと渡ってしまった。

「もっとも、かの英雄は今頃他の十三魔将によって始末され、既にこの世にいないだろうがな」

「う、嘘です。エルト様が負けるわけが……」

　次から次に与えられる情報にローラは打ちのめされる。姉を失い、心の支えにしていたエルトの死の可能性をちらつかされ、弱気なローラが姿を現した。

「あとはお前を始末して、この女のふりをしてイルクーツへ行くとしよう。二国を亡ぼせばロードへの最高の土産になるだろう」

　ドゲウは剣を引きずり、カラカラと音を立てながらローラへと近づいていく。

「や、やめてっ！　こ、来ないでっ！」

　杖を上げようとするが身体に力が入らない。姉の剣で殺されることにローラは目に大粒の涙を浮かべた。

「安心しろ、すぐに皆揃ってあの世に送ってやる。我ら悪魔族はあの古代の遺物《アーティファクト》を手に世界を収めて見せる。暗黒時代の幕開けだ」

　高笑いを浮かべ剣を振り下ろそうとした、そのとき……。

「助けて……お姉ちゃん……」

　ローラの目から涙が流れた。

「な、なにっ⁉」

　ドゲウの顔が驚愕に歪む。

「馬鹿な、完全に支配しているはずなのに……一体どうして！　動かぬ」

腕が震え、剣が揺れる。

「ロ、ローラ……」

「お、お姉ちゃん！」

ローラは顔を上げるとアリスを見た。

「その呼び方で呼んでくれるのは……随分と……久しぶりね」

目に涙を浮かべ、アリスへと近寄ろうとする。

「お姉ちゃん」

「来ないでっ！」

アリスの言葉でローラは立ち止まった。

「一時的に主導権を取り戻しているだけ。すぐにまた支配されるわ。だから今のうちに逃げて」

「お姉ちゃんを置いて逃げられるわけない！」

「馬鹿っ！　どうして言うことを聞いてくれないの！」

アリスは悲しそうな顔をする。

「今までごめんなさい、ローラ。あなたとは普通の姉妹みたいに仲良くしたかった……」

ドゲウが語ったのはアリスの記憶を読み取り悪意を乗せた嘘の話だ。アリスの心の根幹にあるのはローラを大切に思う気持ちだ。

「い、今からだって遅くはないです。私もお姉ちゃんともっと一緒にいたいです」

ローラはすがるようにアリスへと近付いて行く。

「もう、無理なのよ。だんだん暗い場所に引っ張り込まれている。もう限界が近いの」

それは、これまでドゲウに乗っ取られてきた者たちの記憶だった。亡霊となり、アリスを引っ張りこもうとしてくる。

「え、エルト様ならなんとかしてくれます。だからお姉ちゃん……」

エルトの顔がアリスの脳裏に浮かぶ。頬を涙が伝った。

「こんなことならもっと素直になっておけばよかった。死を確信してから自分の気持ちに気付くなんて……」

そう言うと、アリスは剣を逆手に持ち変えた。

「ば、馬鹿な。私に抗うなんぞ……。そうはさせぬぞ！」

剣を持つ手がゆっくりと動く。アリスとドゲウがお互いに主導権をかけて争っている。

「大切な、妹のため、今できる、これしか……ないから」

額に大量の汗を浮かべ、苦しそうな表情を浮かべる。

「や、やめろっ！　お前も死ぬんだぞっ！」

ドゲウの焦り声が響くが、剣先がアリスの胸にピタリと合わさった。

最後に、アリスはローラに顔を向けると笑みを浮かべ、

「ローラ、大好きよ」

次の瞬間、刃がアリスの胸に沈み込むと背中を突き破った。

「えっ………？」

ローラの乾いた声がして、アリスの体から血が流れ床に広がる。

「いやあああああああああああああっ！」

ローラの悲鳴が響き渡り、アリスの口から大量の血が溢れ、瞳から光が失われた。

★

むせるような血の臭いが漂っている。

部屋へと飛び込むと、そこには血まみれで倒れているアリスと離れた場所で放心しているローラがいた。

「アリスっ！　一体何があった！　ローラ！」

全身に震えが走る。俺はふらふらと近くにいるローラへと歩み寄った。

「ローラ！　答えろ」

俺は乱暴に肩を揺すった。

うつろな瞳でアリスを見ている。その態度に血の気が引いていく。俺は震える足に力を入れるとアリスへと近付いて行った。

次の瞬間、黒い靄がアリスから立ち上り、俺の頭上を越えると、ローラを包み込んだ。

「ローラ！」

「あぐっ！」

苦しそうな声を上げる。

「え、エルト様ぁ」

必死に俺に向けて手を伸ばすローラだが、途中で手が力を失う。

「大丈夫か！　しっかりしろ、ローラ！」

「くくく、その名前の娘はもう存在しない」

ローラは目を開けると禍々しい瘴気を纏っていた。

「なんだと？」

「この小娘の意識は乗っ取らせてもらった。このデーモンロード直轄十三魔将のドゲウ様がな！」

ローラの雰囲気が変わる。これまで親しみを向けてくれていた視線がギラついていた。

俺はその言葉を聞いて【解析眼】のスキルを発動する。

名　前：ローラ（悪魔付き）
称　号：大賢者・王女
レベル：150
体　力：90
魔　力：1500
筋　力：50
敏捷度：100
防御力：50
スキル：全魔法・解読Lv7

魔力が飛びぬけて高い。恐ろしい潜在能力を持っているようだ。

俺はステータスの中に『悪魔付き』と表示されているのを確認した。

「まさか他の十三魔将を倒してくるとはな、やつらに獲物を掻っ攫われたときは腸が煮えくり返る思いだったが、こうなってしまえば好都合よ」

仲間がやられたというのに、ドゲウは笑ってみせた。

「十三魔将が五体がかりで仕留められなかった聖人エルト。そんな相手を倒してしまえば私の地位は悪魔族の中で確固たるものになるだろう」

「あと一人十三魔将がいると予想していたが、スパイはシャーリーさんだったんじゃ？」

俺とマリーはグロリザルの中に悪魔族のスパイが紛れ込んでいることを察していた。その相手はシャーリーさんだ。彼女の胸元からときおり瘴気が漏れ出すことがあった。

確信を持ったあと、解析眼を使ったところ、今のローラと同じく【悪魔付き】と出ていたので警戒していたのだ。

マリーから通信が入る。

『御主人様。こっちはフェイクだったのです。シャーリーは首飾りを通してそこのドゲウに操られていただけなのです』

「騙されてくれたお蔭で、こうして戦力を分断することに成功した」

姿はローラだが、邪悪な笑みを浮かべ瘴気があふれ出す。

「この身体は素晴らしいぞ。あふれ出る魔力に蓄積された大量の知識。この娘の知識があれば他の古代文明の遺跡も発掘することができそうだ。そうすれば悪魔族は世界を征服することができる」

ローラの顔で、声で吐き気がする言葉を口にする。俺は完全に余裕を失っていた。

「とりあえず、お前が元凶ということは理解した。それ以上その声で言葉を発するな……」

俺は剣を抜き、ドゲウを黙らせることにした。

「おっと、迂闊な真似はするなよ？　私を殺せばこいつも死ぬのだからな」

「なんだと？」

「私は他人の身体を乗っ取ることができる。そして宿主が死なぬ限り、私を殺すことはできないのだ」

つまりドゲウを殺すためにはローラを殺す必要がある。

「まったく愉快だよ。このローラという小娘もアリスという女も。私の掌の上でずっと踊り続けていたのだからな」

ローラの姿で腹を抱えて笑い出すドゲウ。勝利を確信しているのだろう。

「それでは早速、こいつの力を試させてもらおうか！」

ドゲウは杖を振るうと俺に攻撃を開始した。


「くらえっ！　クリムゾンフレア！」

杖の先から灼熱の火球が出現し、俺へと向かってくる。

「くそっ！　ヴァーユトルネード！」

俺はマリーからストックしていた魔法を撃ちだし、その魔法を相殺した。

俺とドゲウのちょうど真ん中で魔法がぶつかり、二つのエネルギーが消滅する。

「ふはははは、それがストックとかいう能力で得た魔法か！　だが……」

ドゲウが杖を掲げる。俺がローラに渡した【神杖ウォールブレス】。邪神が使っていた最強の武器はローラとの相性が良く、魔法の威力を跳ね上げ、魔力の消費を抑えている。

「アブソリュートゼロ！」

「くっ！　ヴァーユトルネード！」

魔力量の差なのか、ひとまず攻撃を凌げている。だが、このままでは……。

「小賢しいやつめ！」

ドゲウは倒れていたゲスイ公爵に近付くと懐から何かを取り出した。

「この【悪魔の天秤】は聖杯と対をなすアイテム。使用することでその場を瘴気で満たし、悪魔族の本領を発揮させることができるようになるのだ」

そう言うと、ドゲウは天秤を地面に置いて起動した。天秤から瘴気が漂いだし、部屋を満たす。

「くくく、貴様の能力はそちらの娘の記憶より把握している。呪いや瘴気によるダメージが快復できぬのは知っておるぞ。これで貴様に勝ち目はない！」

ドゲウは高らかに宣言をした。

「アイシクルスピア！　フレアバースト！　ウインドスラッシャー！　アースブリッド！」

「くっ！　ぐあっ！」

魔法が飛来し、俺の身体に傷をつける。

さきほどまでの大きな魔法ではなく威力の小さな魔法を連発してきた。

「どうした、エルト。ストックとやらを使わないのか？」

俺のストックは一度に三種類のスキルや魔法しか受けられない。ドゲウはそれを知っているのだろう。手数を増やして攻撃している。

「ローラ！　目を覚ましてくれっ！」

瘴気が部屋に充満し、体力と魔力が奪われていく。俺はどうにか状況を打開するべくローラへと呼びかけた。

「無駄だ。そっちの娘ならばともかく、この小娘には私の支配を跳ね返すだけの精神力は備わっていない」

次々に飛んでくる魔法を走り回って避ける。

「エルトよ。お前は邪神のイビルビームを使えるのだろう？　その力を使って私を倒してみたらどうだ！　この小娘ごとなっ！」

焦りが浮かんでくる。時間が経つほどに不利になるのだ。

今はパーフェクトヒールをこまめに使うことで消費を抑えているが、それにも限界がある。

「くそっ！」

俺はドゲウを睨みつけた。

「もしかすると私だけを倒せないか考えているのか？　止めておけ。私が死ぬのは宿主の肉体が死んだとき。それ以外に倒す方法はない」

俺は拳を握り締める。

「実に愉快だ。力があっても倒せない敵がいる。勉強になっただろう？」

一旦攻撃の手を止め、俺に語り掛けてきた。

「どのような場面でも勝利のための最後の一手を敵に気付かせてはならない。私は貴様が自慢げに聖杯を作って見せたときからこうなるように誘導をしていたのだ。操り人形を使い、風の精霊王と治癒士を遠ざけ、この娘の身体を盾にすることで切り札を使えなくした」

確かに俺はシャーリーさんこそが今回暗躍している黒幕だと思い込んでいた。

「まて……よ……？」

その瞬間、俺はドゲウの発言に妙な引っ掛かりを覚えた。

（マリー聞こえるかっ！）

『はいなのですっ！　聞こえているのですよ、御主人様！』

（そっちの状況はどうなっている？）

『今はすべて片付いて魔導装置を調べているのですよ』

その言葉を聞き、俺は心臓が脈打つのを感じると、さらなる質問を重ねる。

（…………をどうやった？）

その問いに、マリーははっきりと答えを返してくれた。

「どうした、ショックで気でも触れたか？」

無言でいたせいか、ドゲウが怪訝な顔をしていた。

「いや、俺はまともだよ。ただどうすればいいかわかったからさ」

「まさか、この娘を犠牲にするつもりじゃなかろうな？」

ドゲウの言葉に俺は余裕をもって答える。

「それこそまさかだろ。俺は誰も犠牲にするつもりはない。ローラも、アリスも救って見せる」

二人はまだお互いに歩み寄れていないだけ。アリスにもローラにも笑顔でいて欲しい。

俺はストックからあるアイテムを取り出した。

「お前は言ったな。その【悪魔の天秤】は聖杯と対をなすアイテムだと」

「それがどうした！」

「聖杯よ。この空間を清めたまえ」

手の中で聖杯が砕け散る。それと同時に地面に置かれていた悪魔の天秤も崩れ落ちた。

「まさかっ！　ロードから賜った悪魔の天秤がっ！　おのれっ！」

瘴気が消え、塔の最上階は普通の状態へと戻った。

「それがどうした、瘴気によるダメージがなくなったところで今更どうなるっ！」

「知っていると思うが、俺は聖杯を造り出すことができる」

「だ、だから何だというのだ？」

薄々感づいているのか、惚けた様子のドゲウに言った。

「あれだけ執拗に狙われれば俺だって敵がいることぐらい気付いていたさ。その対策をとるのは当然だと思わないか？」

「きさ……ま……二つ目だと!?」

驚愕に目を見開くドゲウ。

「聖杯よ。この空間を清めたまえ」

再び聖杯が砕け散ると、この空間を聖気が満たした。

「なるほど『最後の一手は相手に悟られないように』か。敵から学ぶのは複雑だが糧にさせてもらうよ」

「何をごちゃごちゃと！　私を弱体化させたとして状況は変わっていない！　貴様はこの娘に手を出せないだろう」

「そうやって嘘で塗り固めてローラを追い詰めたのか？」

「何っ？」

「デーモンが憑依した状態を解除する方法が一つだけある。だろ？」

「ば、馬鹿な……どうして貴様がそれを……?」

マリーに聞いたからだ。シャーリーさんがどうなったのか確認したところ、悪魔付きを解除したと言っていた。

「憑依状態を解除し、取り憑いた悪魔だけを浄化する魔法がある。聖杯で威力を増幅すれば、お前でも無事では済まないはず」

俺がそう告げると、ドゲウは動揺した。

「だ、だがその手を打つことはできん。ここにはその魔法を使える人物がいないのだから」

ドゲウは余裕を取り戻したのか笑みを浮かべると、

「そう、私がそのように誘導したからな。あと一歩というところまで詰めておきながら最後は届かない。読み合いは私の勝ちのようだな! エルト!」

ドゲウが勝ち誇る。俺は右手を突き出すと、

「【セイグリットディスペル】」

次の瞬間、ストックから魔法を解放した。

「ば、馬鹿な! これは聖魔法! 貴様には使えないはず! なぜ⁉」

足元から浮かび上がる聖なる魔法陣、そこから溢れる清らかな光にドゲウは苦悶の表情を浮かべた。

「知っているはずだろ? 俺の能力はストック。スキルや技を溜めておいて任意のタイミング

で解放することができる」

「だとしても、なぜこの魔法が用意されている！」

色々と教えてもらった代わりに俺はドゲウに種明かしをしてやった。

「あのとき、クラーケンをけしかけてもらえてよかったよ。パーフェクトヒールで治療できない状況も存在する。それがあったから俺はアリシアに聖魔法をいくつもストックさせてもらっていた」

別々の場所に行くことが決まった夜、アリシアを部屋へと呼んだのだ。

そして部屋で二人っきりになると彼女が使えるありとあらゆる魔法を俺にストックさせてくれるように頼んだのだ。最初は基本的な魔法だけストックするつもりだったが、彼女なりに何か予感でもあったのだろう。「エルトのために万全の状況を作りたいの」と言っていた。

自分がいなくても俺が大丈夫なように考えてくれていたのだろう。

「アリシアにはあとでお礼をしないとな」

ドゲウの……ローラから抜ける黒い霧が薄れていく。

「くっ……この……おの……れ……ロード……さ……ま……」

黒い霧がローラから立ち上り浄化されていく。

やがて最後にはローラが支えを失うと倒れた。

★

「おねえちゃんまってください」

夢を見ている。

「危ないわよ、ローラ」

まだ私とローラが幼く、仲が良かった頃の夢だ。

「きゃっ！」

「もう、言ったでしょう？」

地面一杯に咲く花。ガーベラの香りが漂っている。

「だって、おねえちゃんが置いていくから」

裾を掴んで不貞腐《ふてくさ》れるローラ。

「ごめんなさいね」

私はローラを抱きしめた。

「えへへへ、おねえちゃん。大好きです」

満面の笑みを浮かべて私を慕ってくれるローラ。あんな事件さえなければ……。

「おねえちゃん？」

あの日以来、私たちはすれ違い続けた。私は目の前のローラへと謝り続ける。

「ごめんなさい、ローラ。結局私はあなたを守れなかった」

「おねえちゃんは十分苦しんだよ。もう苦しまなくていいの」

ローラは私に笑顔を向けてくれた。

「ありがとう。ローラ」

ローラに『おねえちゃん』と呼ばれるたび喜びがあふれてくる。なんの悩みもなく、大好きなローラとピンクガーベラの花畑にいつまでもいたいと考えた。だけど……。

「ごめんね、ローラ。私はもう行かなきゃいけないの」

剣で自分を刺したことを思い出す、身体から熱いものが抜けていき、凍えるような寒さを感じた。恐らく、今私は死の間際にいるのだろう。

「いやです、おねえちゃん。離れたくないです」

「ごめんなさい。本当にどうしようもないのよ」

ドゲウと争ったお蔭か剣は心臓を外している。だが、致命傷には違いない。私の背中に暗い穴が開く。この闇が私を包み込むとき、私の意識は失われる。

私はローラから離れると目を閉じ、そのときに備えていた。ところが……。

「……リス」

何やら懐かしい声が聞こえる気がした。

「……アリス」

その声に心臓が高鳴る。凍えていた身体は温かみを取り戻し、自然と涙が零れる。

「アリス！　戻ってこいっ！」

次の瞬間、花びらが舞い上がり視界を覆い隠した。

★

「う、うん？」

まばゆい光が満ちている。まるで神殿のような神々しさに私は目を細める。

「気が付きましたか！　お姉ちゃん！」

「ろ、ローラ？」

目に涙を浮かべたローラが抱き着いてくる。私は彼女を受け止めると全身で温かさを感じた。

「ふぇえええん。お姉ちゃん。生きてる。生きてるよぉ」

胸に顔を埋めるローラの頭を私はわけもわからず撫でる。

「調子はどうだ。アリス？」

「エルト君」

顔を上げると、そこにはエルト君がいた。

死の淵でどうしても逢いたいと願った彼の顔が目の前にある。それだけで私の心臓は激しく脈打ち始めた。

「どういう状況なのか教えてもらえないかしら？」

私がドゲウに乗っ取られてローラと対峙した辺りまで記憶がある。私はローラを害されるのを防ぐためドゲウに逆らい自らを刺した。

「あの後、ドゲウはローラに乗り移ったんだよ」

「それって……」

驚きが漏れる。ローラが乗っ取られたのだとすると大変な事態だったはずだろう。

だけど、目の前で私の胸に顔を埋めるローラを見る限り、問題はなさそうだ。

「結局、エルト君が全部解決してくれたのよね？」

「まあな、それにしてもしんどかったぞ」

珍しくぼやく彼を観察する。防具の所々が破損して身体が汚れている。彼が言うからには相当苦労したのだろう。

「私を治してくれたのはあの力よね？」

「ああ、やつが『自分が死ねば憑依している相手も死ぬ』と言っていたからな。アリスからローラに乗り移った時点で生きていることは確定していたからな」

「本当にもう死んでしまったと思いました」

顔を上げたローラが至近距離から見つめてくる。その無垢な瞳は十年前に失われた私たち姉妹の絆を取り戻せた証拠だった。

「無事に治療を終えてからも目を覚まさないものだから、ローラに何度も『お姉ちゃんは本当に生きてるんですよね？』って確認されて大変だったんだぞ」

エルト君がそんな情報を寄越してくれる。

「で、でもエルト様だって、お姉ちゃんを害したドゲウに激怒したじゃないですか。あのときのエルト様は思い出すだけで怖いです」

私の腕の中でローラが震える。彼女も乗っ取られていたときの記憶があるのか、ドゲウと恐怖を共有してしまったのだろう。

「あー、とりあえず。マリーにこっちも終わったと連絡してくるから、二人はそこで待っていてくれ」

照れているのか、顔を逸らし離れていくエルト君を見ていた。

「ところでお姉ちゃん」

「何かしら？」

ローラは顔を合わせると話し始めた。

「ローラはドゲウに乗っ取られている間の記憶もあるのですが」

「ええ、私にもあるから当然ね」

「そのときにドゲウが引き出したお姉ちゃんの記憶の一部も流れてきたんです」

その言葉に私は言葉を失い、ローラを見た。

「すべてはローラを守るためだったのですね？　留学させたのも、ローラの称号を隠したのも」

ローラの能力は邪神の目に留まるものだった。もしあのまま能力を覚醒させ、名を轟かせていた場合、彼女は既に生贄に捧げられてしまっていただろう。

「ローラはそんなお姉ちゃんの気持ちも知らず、酷い態度をとってしまいました」

何かを決意したかのようにローラの瞳に力が籠る。

「だけど、これからは違います。ローラはお姉ちゃんの隣に立てるようになりたい。もっと強くなりたいです」

そう言って真っすぐに見つめてくるローラ。

「私は……別に、強くなんてないわよ」

力ではエルト君に勝てないし、魔法や知識に関してはローラの方が上だ。守るつもりがいつの間にか守られる立場になってしまっていた。

「それでも、ローラと一緒にいて欲しいです」

そんな私にローラは手を差し出してくる。

「うん、私もよ」

私は小さく温かい手を握り返した。すると、ローラは嬉しそうに笑みを浮かべる。

私はその笑顔につられ、ローラに笑いかけた。

十年のときを経て、私たち姉妹がわかり合えた瞬間だ。

「そういえば、ローラはもう一つお姉ちゃんの記憶を持っているんですけど」

「なによ。今更これ以上隠し事なんてないわよ？」

墓場まで持っていくつもりだった最大の秘密を知られてしまったのだ。だが、妹は満面の笑みを浮かべると、それ以上の秘密を口にした。

「結局、お姉ちゃんはエルト様のことが好きだったんですね。今後のアプローチに関してはローラに任せてくださいね」

心の中をすべてさらけ出してしまった私は、ローラにどうこたえるべきか悩まされるのだった。

エピローグ

★

「というわけで、グロリザルの異常気象はアークデーモンの暗躍によるものでした」

『なるほど、近隣諸国の動きがきな臭いと思っていたら、悪魔族が動いていたのか』

アリスが報告を終えると、向こうからジャムガンの声が届いた。

「実際、グロリザル周辺国で数十名の人間が一斉に姿を消したそうです。そのすべてが戦争を先導していたことから悪魔族のスパイかと思われます」

ローラの言葉でジャムガンは自国にデーモンが侵入していないか調査することを考えた。

「それで、二人が戻ってくるのは春ごろになるのだな?」

「ええ、グロリザルに本来の気候が戻ったため、既に雪が積もり始めておりますので」

今からの移動は不可能ではないが、危険な行軍になるためアリスたちは留まることにした。

『それにしても英雄エルトか。邪神に続き、悪魔族の企みを破るとは随分と活躍しているようだな』

「エルト様はローラとお姉様の命の恩人です。それに、とても優しくて国民想いです。なのでお姉様と結婚して国を継いでもらうべきです！」

「ちょ、ちょっと、ローラ！　余計なこと言わないで！」

『お前たち、随分と仲良くなったのだな』

通信魔導具を通して聞こえる声から二人の様子がありありと思い浮かぶ。アリスとローラの間にできていた溝についてはジャムガンも気にしていた。

二人の心を溶かし、壁を取り払ったエルトに感謝をした。

『お前たちはしばらく彼の下にいる方が良いのかもしれないな』

今回の事件で、ローラとアリスも悪魔族からマークされることになった。現在の人類で悪魔族に狙われて対抗できるのはエルトぐらいなもの。愛娘たちの無事を願ったジャムガンはそう考えた。

「お父様。ありがとうございます！」

「よ、よろしいのですか？」

姉妹の反応にジャムガンは口元を綻《ほころ》ばせると、

『ただし、イルクーツに戻るまでは清い関係でいるのだぞ』

「なっ！」

アリスの慌てる声を聞きながら通信を切った。

★

「おまたせ、エルト君」

白い吐息を漏らし、アリスが走ってくる。全身をコートで固めていた。

「そんなに待っていないから気にするな」

「ふふふ、防寒着無駄にならなくて良かったね」

アリスが隣に立つと歩き出す。

「それにしても『ローラへのプレゼントを買いたいから護衛をして欲しい』だなんて、本当に仲良くなったんだな」

一時の険悪さが嘘のようだ。

「そう？　私たちは元々仲が良かったのよ？　今日もさっきまであの子と一緒だったんだから」

「それで、ローラには何を贈るつもりなんだ？」

雪が降っているとはいえ、ここグロリザル王都は賑わいを見せている。冬ごもりに対し、保存の利く食糧や薪などを買いだめするためだ。

「見てみてエルト君。蒸したポテコが売ってるよ。食べてみない？」

「って、おい！　いきなり関係ない物に目が行ってるじゃないか！」

俺は呆れるとアリスに話し掛けるのだが、

「別にいいでしょ。冬の間時間はたっぷりあるんだから」

露店から仕入れてきたポテコを一つ渡される。

「おっ、美味いな」

皮を剥《む》き齧《かじ》ってみるとホクホクとしている。

「グロリザル種のポテコは美味しいことで有名だからね。もっとも、多分これエルト君が発芽させたやつだけど」

周囲から「今年のポテコはできが良い」と聞こえてくる。そのお蔭で、自分の農業スキルが知らない間に仕事をしていたことに気付いた。

「あっ、口元についてるよ。動かないでね」

アリスが近寄り、ハンカチで顔を拭いてきた。

「何か企んでたりしないだろうな？」

妙に距離が近いアリスを俺は不審な目で見た。

「何よそれ？　失礼な」

彼女は憤慨した様子を見せると……。

「そうね、お父様から承認も得たし、あの子も手伝ってくれるみたいだからもう我慢しなくてもいいかもね」

「ん。どういう意味だ?」

イルクーツの国王やローラのことを言っているのだろうが、内容についてわからない。

アリスは悪戯な笑みを浮かべると、俺の耳元に唇を寄せる。

「だから、何かを企んでいるってことよ」

そう呟いた。俺は言葉の意味がわからず首を傾げると、

「そうだ。これからもよろしくね」

アリスは俺を追い抜くと振り返り、笑顔を向けてくるのだった。

本書に対するご意見、ご感想をお寄せください。

あて先

〒162-8540 東京都新宿区東五軒町3-28
双葉社　モンスター文庫編集部
「まるせい先生」係／「チワワ丸先生」係
もしくは monster@futabasha.co.jp まで

コミカライズ
連載開始記念！
1話冒頭を
特別公開!!
ゴゴゴゴゴ
シュイイイ
フッ
ここが
邪神様の
城か……

この時を待ちわびたぞ
！
貴様が今年の生贄か
はい邪神様
俺が選ばれた生贄です
今回の生贄はどのような能力を…

ムッ
貴様…まことに本物の生贄か？
貴様からは優秀な人間が持つ気配を一切感じぬぞ！
名前：エルト
称号：町人
レベル：1
体力：5
魔力：5
筋力：5
敏捷度：5
防御力：5
スキル：農業Lv.2
なんだこのゴミのような能力は
ふざけているのか!!

いたって真面目です
俺が生贄の…
黙れ！
おのれ人間どもめ
優秀な者を我に捧げるのが惜しくなったのだな？
このようなゴミを送りつけてくるとは
許さぬぞ…！
まずいぞ
なんとかして俺を生贄として捧げないと
アリシアが…

王都イルクーツ――
平時は風光明媚な
この国には
忌まわしい習わしが
受け継がれていた
それは年に一度
凶悪な邪神へ
生贄を捧げねばならない
という儀式
しかも邪神が求めるのは
普通の人間は持っていない
【ユニークスキル】を所持する
優秀な人間だけ
国を存続させるために毎年
稀有な人材を生贄に…
それが俺の育った国の
嘘偽りない現実だった

儀式前日
今年の生贄はアリシアだって本当なのかい？
あの子には怪我した息子が世話になったのに…
——では明日の儀式までこちらでお控え願います
ガシャーン

くれぐれもお心変わりなどなさらないよう…
貴女にこの国の命運がかかっておりますので
…もちろんわかっています
…では失礼いたします
ガシャ
行くぞ
どきっ
コンコン
アリシア
ひそひそ
俺だアリシア

MONSTER bunko

生《いけ》贄《にえ》になった俺《おれ》が、なぜか邪神《じゃしん》を滅《ほろ》ぼしてしまった件《けん》②

2021年12月29日　第1刷発行

著者　まるせい
発行者　島野浩二
発行所　株式会社双葉社
〒162-8540
東京都新宿区東五軒町3-28
電話　03-5261-4818（営業）
　　　03-5261-4851（編集）
http://www.futabasha.co.jp
（双葉社の書籍・コミック・ムックが買えます）
印刷・製本所　三晃印刷株式会社
フォーマットデザイン　ムシカゴグラフィクス

落丁・乱丁の場合は送料双葉社負担でお取り替えいたします。「製作部」あてにお送りください。

ただし、古書店で購入したものについてはお取り替えできません。

［電話］03-5261-4822（製作部）

定価はカバーに表示してあります。

ISBN978-4-575-75300-4　C0193
Printed in Japan

Mま02-02